Ana Elisa Ribeiro

Causas não naturais

Contos

autêntica contemporânea

Copyright © 2023 Ana Elisa Ribeiro
Copyright desta edição © 2023 Autêntica Contemporânea

Todos os direitos reservados pela Autêntica Editora Ltda. Nenhuma parte desta publicação poderá ser reproduzida, seja por meios mecânicos, eletrônicos, seja via cópia xerográfica, sem a autorização prévia da Editora.

EDITORA RESPONSÁVEL	CAPA
Rafaela Lamas	Diogo Droschi
PREPARAÇÃO	ILUSTRAÇÃO DE CAPA
Sonia Junqueira	Hiroki Kawanabe
REVISÃO	DIAGRAMAÇÃO
Marina Guedes	Guilherme Fagundes

Dados Internacionais de Catalogação na Publicação (CIP)
(Câmara Brasileira do Livro, SP, Brasil)

Ribeiro, Ana Elisa
  Causas não naturais : contos / Ana Elisa Ribeiro. -- 1. ed. -- Belo Horizonte : Autêntica Contemporânea, 2023.

  ISBN 978-65-5928-324-8

  1. Contos brasileiros I. Título.

23-166272
CDD-B869.3

Índice para catálogo sistemático:
1. Contos : Literatura brasileira   B869.3

Aline Graziele Benitez - Bibliotecária - CRB-1/3129

A **AUTÊNTICA CONTEMPORÂNEA** É UMA EDITORA DO **GRUPO AUTÊNTICA**

Belo Horizonte
Rua Carlos Turner, 420
Silveira . 31140-520
Belo Horizonte . MG
Tel.: (55 31) 3465 4500

São Paulo
Av. Paulista, 2.073 . Conjunto Nacional
Horsa I . Sala 309 . Bela Vista
01311-940 . São Paulo . SP
Tel.: (55 11) 3034 4468

www.grupoautentica.com.br
SAC: atendimentoleitor@grupoautentica.com.br

Para a Silvinha,
que já se foi por causas não naturais,
mas de quem mantenho o contato no celular.

9 Dois pontos

23 Dois irmãos – Nunca ensaiei esta despedida

31 Dois meninos

35 Dois minutos – *Hominivorax*

41 Duas carretas

55 Duas barragens

63 Dois olhos negros – Um diário em vinte notas

75 Marias Loucas

81 Pedra e ódio

85 Duas línguas

91 Dois rasantes

95 Sombra e água

99 O exame

109 Última canção

119 Quatro filhos – Bemóis e sustenidos

127 *Dos puntos*

139 Notas e agradecimentos

Dois pontos

5:00
5:01
Nunca pensei que ver meu pai pudesse se transformar em um grande dilema, menos ainda em uma aventura impossível. Não preguei os olhos. Trouxe o rádio-relógio até a cozinha escura para continuar me divertindo com o pisca-pisca dos dois pontos entre os números. Quando preciso dormir mais cedo, enfio o rádio embaixo da cama. É impossível lidar com essas luzes numa madrugada normal. O quarto não fica totalmente escurecido e meus olhos não conseguem parar de prestar atenção aos movimentos.

Na cozinha, viraram diversão. Alternam com a beleza da sombra das grades da casa ao longo da parede de azulejo branco. Não se encontram mais grades como essas. As de hoje não passam de listras sem graça. Essas, desde a casa antiga, fazem flores e floreados na parede sem graça do cômodo. É, de dia, uma das peças mais claras da pequena casa, mas à noite tenho a impressão de que se transforma no palco dessas flores sombreadas, quase vivas. Enquanto os dois pontos do relógio piscam em vermelho, quase vejo a natureza sob o vento nas paredes. As grades ganham vida à luz amarela dos postes da rua, muito próximos, quase moradores. E o silêncio completa o quadro deste filme mudo e terrível.

Não vou pregar os olhos. Já é hora de desistir do sono. Do sonho. A ideia então é esperar as 7:00 ou as 7:30, tomar um café e tentar novamente. Às 8:00, meu pai certamente já terá acordado. Estará, provavelmente, sentado sozinho à mesa pequena da copa, naquela grande casa (com copa!), e talvez ainda leia um jornal impresso, jogado na rampa de entrada por um motociclista meio desastrado. O velho lerá notícias sobre a cidade, depois política nacional, criticará aos sussurros o governo atual, culpará as vítimas do racismo e do estupro, passará sem ler pelas notícias sobre cultura e tevê. Talvez se demore um pouco mais nas notícias sobre automóveis. Deixará o jornal de lado e passará a pensar nas peças de carpintaria que gostaria de terminar, no quintal. Está só. E sente-se muito bem. Se sentir saudade, não perceberá.

Da minha cozinha cheia de sombras florais, só consigo me lembrar dele e de suas manias cada vez mais definitivas. Um homem só. Um homem satisfeito, que fez o que quis, sempre que quis. Viúvo, nem assim se curvou. Quanto deve custar tanta resistência? Enquanto lia o jornal, tomava um leite morno, aquecido em micro-ondas, e comia um pão mal besuntado de manteiga. A mordidas espaçadas, distraídas... Sabia das coisas que o jornal trazia, mas não queria saber de mais ninguém. Parava nas notícias sobre a pandemia apenas a ver se a extinção das visitas perduraria. E era isso.

São oitocentos metros. Não fossem as ladeiras sobre as quais a cidade é mal assentada, seria fácil percorrer essa distância a pé. Eu a venci de bicicleta quatro ou cinco vezes, mas me arrependi ao chegar ao destino. Muito suor para pouco afeto. De carro, talvez não chegasse a cinco minutos de trajeto. Não valia o risco de furto na porta. Oitocentos metros entre nossas casas, no limite entre dois bairros, na fronteira entre dois universos.

Quando contava a alguém, no escritório ou na especialização, que morava a oitocentos metros de meu pai viúvo, logo abriam sorrisos de nostalgia e admiração. Você deve vê-lo sempre, bom que pode ajudar, podem tomar café juntos, podem se ver. Mas não. Já não era bem assim. No entanto, as poucas visitas tentadas eram minhas, só minhas. Eu me deslocava pelos oitocentos metros, subia, subia, até alcançar o portão verde-folha, descascado, meio oxidado em alguns pontos, tocava aquela campainha antiga, aguardava uma demora. Era a lentidão de um velho robusto subindo escadas, tentando enxergar o buraco da fechadura, abrindo a porta e pensando, na verdade, o que ela veio fazer aqui? Era a lentidão de quem toma fôlego para uma visita indesejada, dispensável. Para ele.

Oitocentos metros para cima e eu reencontrava a casa de minha infância, os ecos da voz grave de minha mãe morta, a risada espaçada de meu irmão caçula emigrante e meus próprios zelos. Encontrava também a aridez de um pai vivo, resistente, muito amenizado em sua violência e em suas incompreensões. Um homem velho que desistira dos embates, mas ainda impassível quanto aos afetos. Assim mesmo eu o visitava.

Nesse momento, os oitocentos metros são incontáveis. Como imaginar algo assim? A leitura do livro de um conhecido tratou de mortificar ainda mais meu coração, já entristecido com uma situação tão inesperada e compulsória. Numa mistura de poesia e imagem, o amigo publicou uma narrativa visual a partir de fotografias que tirou ao longo do caminho rodoviário que separa sua casa da de seu pai, entre a capital e o interior, trezentos e cinquenta quilômetros apartados. As árvores, os barrancos, as casas caiadas esparsas, as beiras de estrada, as lanchonetes ensebadas, as borracharias sempre abertas, as bitucas de cigarro e as calotas no acostamento, carcaças de cães atropelados, a sensação de velocidade das fotos tiradas de dentro do carro em movimento, aqueles trezentos e cinquenta quilômetros sendo vencidos entre dois homens, filho e pai. A espera, o aviso, estou chegando, vem com calma, cuidado, estrada perigosa (qual estrada em Minas não o é?), quase aí, as mensagens de celular, o sinal ruim, o sinal falhando, mas o abraço entre o pai e o filho não falha, reconecta. Reconectados. Era uma grande movimentação, pensei enquanto lia. Uma grande movimentação, por estrada, em perigo, para um abraço, dois cafés coados, pão feito em casa, broa quente. E a volta, toda a volta, as casas esparsas, caiadas, o mato, um boi ou outro, os cigarros, um acidente, uma calota abandonada, mais um cachorro morto, a capital adiante, pujante, aquelas indústrias à beira da estrada, aqueles galpões e, de novo, a solidão do apartamento no centrão da cidade, tão alto que nem se ouve barulho de rua, de carro, de gente. Vez ou outra, a voz do vendedor cego de bilhetes de loteria.

Oitocentos metros. Assim, à beira da pia, vendo as grades fazerem florestas na parede, fiquei pensando que a distância entre uma filha e um pai não se mede pelo sistema métrico. Os dois pontos piscam céleres no mostrador e a vida continua seu curso. A filha insone, sentada num banco de lata fria; o pai, dormindo um sono profundo, quase a acordar para mais um dia de vazio.

Às 8:00, vou tentar. É sempre uma tentativa. Todas as visitas, desde a viuvez, são tentativas de aproximação. Difíceis, profundas, irritantes. A presença de minha mãe ativava algumas coisas naquele ambiente: a distração e o fingimento. Ela nos chamava a atenção para si, nos distraía do pai, aquele espectro que passava entre uma sala e outra, descia escada, deslizava sobre o tapete velho e desbotado do corredor. Tinha mais vida do que ele, nos contava casos do ordinário, da semana, do sacolão. Mas era elegante, sem fofoca, sem insuflamentos. Muito viva, ela nos perguntava sobre o trabalho, mesmo que não entendesse disso fora de casa. Jamais trabalhara fora, era dona de casa de nascença, mas queria saber de escritório, departamento, reunião, diretoria, essas coisas que lhe pareciam chiques, importantes. Falava de si e de nós, às vezes não se esquecia de contar algo sobre o pai: uma dor, um silêncio, um médico, um passeio à praça mais próxima, mas era só. Isso fazia aquela casa parecer maior e a habitava, enquanto o pai fazia seu papel de espectro, sem relevância, quase. Mas ela morreu antes. Inesperadamente, morreu antes. E isso era de uma falta de lógica mordaz.

Ao chegar à cozinha, depois de cessar o barulho dos passos e de ouvir a água escorrer mais do que o necessário, resolveu reclamar. Não teve tempo. Flagrou-a caída no chão, num gesto desesperado ainda de puxar os cabelos, olhos vidrados, um susto dolorido. No laudo, aneurisma. Um aneurisma de que nem ela soube. Nunca soubemos. E ele ficou ali, sem saber por onde começar a tocá-la. Socorro, qual socorro? Até chamar uma ambulância lhe parecia incômodo. Os outros, o que os outros vão poder fazer? Morta? Não sabia ler sinais vitais. Nunca soubera mesmo. O jeito foi chamar a ambulância, num telefonema constrangido, e aceitar o laudo com a *causa mortis* mais espantosa que jamais imaginara.

Chegava a pensar em sua remota vida de solteiro? Casara-se jovem, novo para os padrões masculinos da época. Viveram juntos, desunidos, cerca de quarenta anos, longos anos, mas conseguiram estabelecer uma conexão de afetos craquelados. Ela foi a mãe; ele foi pai sem saber. Ela nos nutriu e cuidou; ele assistiu, meio desinteressadamente. Mas ela se foi primeiro, talvez vítima de um cansaço indescritível; ele ficou. Que azar, que sombra.

A mulher descabelada, de avental de plástico, caída no chão da cozinha, tornou-se uma imagem fixa naquele espaço da casa. Ele o atravessava sem querer, apenas por necessidades urgentes, vendo ainda a sombra dela sob a luz. Não precisava mais dar um telefonema, pedir ajuda, que alívio, mas conviveria com aquela cena sem despedida. E terminaria por fechar, enfim, a torneira aberta, desperdiçando água.

Daí sumimos todos. O enterro dela, os abraços chorosos, os parentes de longe, os pêsames sem sentimento, o olhar interditado dela, a mão pálida segurando um terço que jamais rezara inteiro, uma roupa de domingo num cadáver imprevisível. Ele ali, ao lado do caixão, sentado e calado, quieto, com os pés levemente cruzados, chinelos, na simplicidade de sempre, mas olhando-a fixamente, como que a fazer perguntas indecifráveis. Ela queria viver, mais do que ele. Ela sabia viver, mais do que ele. Ela pedia ajuda sem cerimônias. Ela dava abraços e tinha contrapartidas. Ela ouvia as notícias pela tevê e tecia comentários mais ou menos esclarecidos. Acompanhava novelas como quem tem grandes compromissos. Ele, não. Ele não sabia bem como viver, mas continuava vivo. Parado, silente, ao lado do caixão, visivelmente irritado quando tinha de abraçar alguém e grunhir algo depois de um "meus sentimentos". Pensava nela jovem, ela mulher, ela mãe? E aquelas duas crianças pequenas, ativas, e o chão frio da casa, as meias coloridas, ela entre as crianças, ele sempre à espreita. Sem coragem.

Depois da viuvez, a solidão lhe caíra bem. Era isso. Menos obrigações, menos ajudas, menos visitas. Minha mãe nos distraía da aridez dele, nos fazia prestar atenção à vida ordinária, às narrativas do comum, provocava risadas, passava o café, o açúcar, fomentava movimentos de curto alcance, incentivava os toques dos dedos ao entregar uma xícara, o toque das mãos ao emprestar o Caderno 2 do jornal, obrigava à troca de olhares quando fazia uma pergunta direta. Ele, não. Ele apenas orbitava, certo de sua dispensabilidade. E estava errado, como sempre. Covarde.

Depois da morte dela, enquanto o pai cavava mais fundo a cova de sua solidão e de sua avareza afetiva, meu irmão se mudou. Cismou que a Argentina vivia melhores dias, aboletou-se em um quarto e sala em Buenos Aires e nunca mais voltou. Nem sequer para uma visita. Usou, algumas vezes, um programa de videoconferência, por onde trocamos informações sobre o calor, o frio, o trânsito, a aparência das pessoas e rudimentos de castelhano. Era uma capital, uma capital maior do que Belo Horizonte, com certo ar quase europeu e pessoas apressadas. Ele conseguiu um emprego de meio horário, passava diante de dezenas de *ferreterías* daquelas dos filmes com Ricardo Darín e fiava uma vida cheia de pequenas hostilidades xenofóbicas e algum sentimento antibolsonarista. Os gringos nos associavam ao presidente que apenas metade elegeu. A outra metade estava à sombra, no mau sentido.

Numa de minhas persistentes visitas ao nosso pai, insisti numa conversa on-line com meu irmão, nos vermos os três, ao vivo, conversarmos, falarmos de como era lá, prometermos uma visita ao país *hermano*, mas nada. Meu pai se negou. De jeito nenhum, essas bobagens. Ou a pessoa está ou não está. O menos pior era o telefone, mas ele também não gostava. Era de uma inflexibilidade tecnológica incontornável. Não. Ficou o *não* ecoando em meu irmão, não comunicação, não ligação, não presença. Assentou-se esse conjunto numa conclusão: não afeto. E, diante disso, não nos falamos mais.

Sem a distração de minha mãe e sem a presença solidária de meu irmão, fiquei sendo a única ameaça de visita ao velho, que sempre aparecia à porta, depois de vários minutos, com as chinelas do dia do enterro dela e com um pedaço de jornal nas mãos. Um pouco, ele queria dizer que estava ocupado; outro tanto, sua demora cada vez maior em atender à porta era uma tentativa de me fazer desistir, pensar que ele estivesse dormindo ou no banheiro. Queria uma desistência que não vinha. E, a cada demora dessas, mais eu queria ficar, averiguar a casa, ver se ele estava ao menos vivo e bem. E sempre estava. Só que nunca era receptivo.

Na ausência definitiva de minha mãe, recaiu sobre ele, completamente, minha atenção. E ele claramente se recusava a atrair cuidados e olhares. A visita se transformava no maior incômodo da semana. Uma visita dominical, quase sempre, que lhe roubava uns momentos de paz que faziam falta. Nem café, nem pão, nem manteiga rançosa. Nada. A ideia era ser repelente. O despreparo para a recepção vinha em desculpas mal costuradas, como não tive nem tempo de fazer o café, não tive como sair para comprar pó, o gás acabou. Qualquer coisa de intolerável entre nós. Antes o silêncio.

Ainda assim, eu ia. Eu ia porque era uma espécie de herança e responsabilidade. Uma espécie de humanidade. Eu ia porque era um velho sozinho, numa casa grande, numa copa ampla, convivendo com o fantasma e a imagem da morte súbita. Era um velho árido, desértico, já sem enxergar direito, sem grandes habilidades culinárias. E eu era uma filha. Uma filha próxima, primogênita, divorciada, sem filhos, empregada, diligente. A oitocentos metros, mediu o Google Maps.

Fiz esse percurso por algum tempo, alguns meses, alternando entre a atenção ao velho e a vontade de acionar meu irmão. Nunca cumpri. Duas ou três vezes, passei a levar a broa e o suco, ao menos, que deixava sobre a mesa da copa e de que fingia me esquecer na hora de ir embora. Descer umas quadras apenas, passar pelas ruas de casas baixas e antigas, cumprimentar duas ou três senhoras que conheceram minha mãe, parar na esquina, acelerar, entrar na garagem, viver uma vida normal até o próximo domingo. Sem netos, ele. Sem minha mãe. E dispensando quem quer que tivesse sobrado.

Nesta madrugada, quase às 6:00 da manhã, enquanto espero para tentar uma visita, calculo tudo o que farei para chegar até lá. Os protocolos mudaram muito. Os oitocentos metros se transformaram em um oceano. O intransponível se juntou a nós, agora na forma de um impedimento, de um vírus, de uma peste. A alma refratária daquele homem já estava lá, mas agora não posso sequer me aproximar do corpo dele e ver, com meus próprios olhos, o que lhe acontece. Uma queda, uma ferida, o cabelo mais branco, a calvície mais avançada, a chinela arrebentada, a magreza progressiva, a mesma aridez. Não posso mais. Minha insônia é ansiedade, é medo, é tristeza. A oitocentos metros não o alcançarei. Igualei-me ao meu conhecido, autor de um livro, que viajava algumas horas para encontrar o pai. Tanto faz, agora, se são quinhentos, trezentos e cinquenta quilômetros, outro país, algumas ruas. Estamos longe, impedidos de nos encontrar, escorados na distância determinada por protocolos de saúde, sustentados pela ciência de epidemiologistas que aparecem na tevê para nos ensinar a manter o distanciamento, convencidos por informações que nos chegam de todos os canais, em uníssono, ensinando a viver com segurança, a desconfiar de todos ao redor, a nunca mais dar abraços despreocupados. Às vezes, penso que podem ser impostores, todos eles. É um plano macabro para separar filhos e pais. Mas logo recupero a razão. E nada há de mais eficaz para separar pessoas do que elas mesmas e suas incompetências.

8:00

Às 8:00 tomarei um café, vestirei uma roupa de rua, calçarei o tênis, que agora dorme no pequeno alpendre, cobrirei metade de meu rosto com uma máscara branca ou preta ou floral, sairei de carro, percorrerei oitocentos metros, lentamente, parando em cada esquina, estacionarei na porta da casa grande e tocarei a antiga campainha. Meu pai demorará dez ou mais minutos para chegar à porta, apenas com a cabeça insinuada, e dirá, em voz baixa e propositalmente rouca: é você? Não será surpresa alguma, mas ele fará parecer. E não uma surpresa grata ou animada, mas certo fastio em receber uma visita, ainda que seja da filha, a única.

Às 8:15, aproximadamente, repreenderei meu pai por não estar de máscara. Você tem atendido as pessoas assim, no portão? Quando o carteiro chama, quando vem o vendedor de ovos, quando passa o leitor da luz ou o pessoal do posto de saúde, você atende sem máscara? Quantas máscaras eu já lhe trouxe? Onde estão? Não sabe onde pôs? Junto com os óculos? Mas sabe que vai adoecer se mantiver esse comportamento teimoso? Tem lido os jornais direito? A parte da cidade, do mundo? Tem visto a pandemia? Tem visto as pessoas morrerem doentes, sozinhas, se comunicando com parentes por meio de tablets? Entendeu que a desgraça está próxima ou ainda duvida? É uma conspiração? Sabe que os médicos estão dizendo que a única forma de se proteger é não ter contato com pessoas de perto? Nem te abracei, nem tentei, porque eu nunca passo da tentativa, não é? Nem tentei te abraçar. Agora é oficial: não se pode abraçar. Nem o pai. É que fui à rua esses dias, fiz compras de supermercado, inclusive trouxe umas coisas para você. Você esteve no mercado? Que dia? Eles não trazem para você aqui? É só ligar. Estão atendendo assim agora. Você liga lá, diz o que quer e eles trazem. Conhecem você, conheceram os hábitos da mamãe, vão saber as coisas de cor. Pode confiar. Aqui você paga. Mas precisa pôr a máscara para atender o rapaz, o carregador. Não o deixe entrar, nem se ele se oferecer para ajudar. Quando as compras chegarem, limpe tudo, higienize, antes de pôr na geladeira. Já deixei álcool 70% aqui e você nem abriu. Não pode. Quer morrer? Silêncio. Quer morrer? Desculpe, mas eu preciso falar. Se você está lendo as notícias e não está fazendo nada... o que posso fazer? Preciso alertá-lo sobre o perigo que está correndo. Posso vir aqui de dois em dois, três em três dias, trazer as coisas que você quiser. Pode ser? Silêncio. Podemos combinar isso? Facilita sua vida? Protege sua vida? Silêncio raivoso.

Não. Ele não quer, não aceita ajuda. Mesmo que seja de sua única filha, lhe custa muito. É tão difícil lidar com o amor e a preocupação de alguém. Quanta delicadeza é necessária para fazer isso? Não precisa devolver nada. Não precisa comprar nada para minha casa, não precisa. É apenas doação. É amor, creio. Mas a aridez imensa daquela alma não era capaz de se abrir, de abrir a porta da casa mais de uma vez por semana. Que terror ele sentiu ao pensar que poderia ser visitado amiúde pela filha. Que terror interromper o curso dos dias pequenos, escurecidos; interromper o fluxo dos pensamentos em looping; cortar a sequência de horas e dias de uma densa solidão para atender outra pessoa. E uma pessoa de afetos. Nem pensar.

Às 8:00. São pouco mais de três horas de espera e insônia. Oitocentos metros tornados muito mais, quase insuperáveis, por conta de uma doença que distancia até as pessoas que moram sob o mesmo teto. Bem, não é novidade. Sou capaz de listar muitas pessoas que moram sob o mesmo teto e estão separadas de muitas maneiras. Mas agora... Qualquer desejo que eu ainda tenha de conquistar aquele velho, antes que ele morra, está obrigado à suspensão dos protocolos sanitários, da ciência e da epidemiologia. Toda vez que penso em fazer mais uma visita, mais uma investida sobre aquela casa de grades verde-folha, preciso pensar antes nos cuidados que nos impedem tentativas de abraço, a vizinhança mais febril dos corpos. Sendo meu pai quem é, não nos compete nem a brincadeira de um toque de cotovelos ou dos pés. Ele é o deserto e o silêncio. Ele é, antes, a recusa. Ele não acha graça e ele não finge nada. Ele não quer atenção sobre si. E, se pensa nisso, não permite que o flagremos. Ele não fala mais com o filho emigrado e quase dispensa a filha persistente. Ele ainda é ao menos educado.

8:00

Os dois pontos vão piscar sessenta vezes antes de o número mudar. Espero. As sombras de flores sumiram das paredes há mais de uma hora. Quando o dia se firma, as sombras se transformam em coisas boas. Tenho medo de morrer subitamente na cozinha, ao lavar a louça. Mas é preciso sempre estar ali, naquela mesma situação de minha mãe ao se despedir da vida. Nada mal. As vantagens do súbito. Penso assim e logo penso em meu pai, que ficou e que sempre diz que sobrou. Passa das 8:01, quase 8:02, e começo a achar que não me decidi. Mais uma tentativa? Com todos os protocolos? E se ele não estiver lá? E se estiver dormindo ainda, extraordinariamente? Por que uma pessoa que não gosta da vida acorda cedo? Que vantagem há em estender o dia? Mas ele acorda cedo, sistematicamente, toma um café, distraído pelas notícias de um mundo que mal habita, depois muda de cômodo para desenhar uma peça, um móvel, um pé de mesa. Não trabalha para fora faz tempo. Diz que lidar com clientes era um castigo. Só faz as coisas que quer e os consertos dos móveis velhos da própria casa. Móveis carunchados, móveis fora de moda, móveis de madeira maciça, móveis remendados. Tem bom gosto, mas falta-lhe paciência. Faz isso até a hora do almoço, tira uma soneca, volta a fazer as mesmas coisas. E acha uma tremenda sorte quando o dia termina sem que ele tenha tido de ouvir nem sequer uma voz ao longe. Nem a minha.

Não vou. Hoje não. E se eu telefonar? Ele não atenderá, eu sei. Evitará o telefone, dirá que não ouviu, reclamará para si a mentira de que tem ficado surdo. Não tem. Tem ficado duro, impermeável, inalcançável, isso sim. Dirá que estava ocupado com uma máquina ligada. Ou que agora deu para dormir pesado. Dirá. Se não atender, em meio a essa pandemia, acharei que teve um acesso de falta de ar, que precisa de socorro, isso me transtornará o dia. Melhor ir. Melhor ficar. Deixa estar. Agora, às quase 9:00, quem sabe me deito e durmo o sono atrasado, já que estou em home office? Quem sabe? Quem sabe esqueço-o por umas horas e deixo a visita para mais tarde ou para a próxima semana? Evito o risco de transmitir a ele uma doença e o meu amor, sem retorno.

9:00
Meu telefone toca. Insistentemente.
Ando alguns passos no chão frio, de camisola, sem paciência.
"Alô?"
"Você não vem aqui hoje?"

Dois irmãos –
Nunca ensaiei esta despedida

"Alô?"

"Oi."

"Pode vir."

"Agora?..."

"Agora."

"Tá bem. Saindo aqui."

"Imediatamente, tá?"

Desligamos. O combinado era este: quando o quadro fosse irreversível, todos os médicos olhassem com cara de geleira, os aparelhos não acusassem qualquer recuo e já não houvesse mais jeito, era para meu irmão me chamar. Eu evitava pensar nisso, evitava até mesmo olhar o telefone, esquecia-o na cozinha, no banheiro, no cesto de roupa suja, mas uma hora ele ia tocar. E seria para isso, esse chamado triste, tão triste que nem tinha tamanho.

Vesti a calça jeans e a camiseta que usara mais cedo, roupas que já tinham estado comigo na rua, não eram mais limpas, podiam se sujar de hospital sem culpa. Mas vesti lentamente, como se abotoar devagar e calçar um tênis em câmera lenta pudessem adiar os acontecimentos e desacelerar o tempo. Tinha certeza de que aquelas máquinas do quarto de hospital não se abalavam com minha vagareza. Mantinham seu bip ritmado, sem qualquer remorso.

Peguei a carteira, conferi os documentos, busquei mais alguns no escritório, peguei as chaves de casa e saí. Chamei um Uber, que veio em dois minutos. Deixou outro passageiro nas redondezas e me pegou sem atraso, sabendo já nosso destino. Para minha sorte, motorista calado, não perguntou nada sobre hospital, nem mesmo quis saber se eu desejava ouvir música. Não desejava. O silêncio é uma festa quando o estado de espírito é este.

Não pedi, mas o carro seguia devagar. Eram ainda dez da manhã, o trânsito fervilhava, mas não chegava a parecer um inferno. Chegamos à porta do hospital em pouco mais de vinte minutos, que me pareceram uma vida inteira. Não era bem uma espera. Era uma despedida da qual queremos fugir como de mais nada. Nenhum outro dia, momento ou sentimento se parecia com aquilo. Era tão estranho que às vezes parecia sonho, pesadelo, um delírio vago. Quando desci do carro, bati a porta sem firmeza, mas ela se fechou facilmente. Se ficasse ainda meio aberta, me daria dois segundos a mais de outra coisa para fazer. Nem isso. Tive de me virar para o edifício de janelas de vidro e seguir a trilha que eu já conhecia: recepção, adesivo de visitante, elevador, gente enferma e gente da saúde, nenhum cumprimento genuíno, um cheiro de medicamento misturado a produtos de assepsia, rampas, macas eventuais, toucas brancas e azuis, o olhar vago de todas as pessoas. Finalmente, a porta do quarto, sem qualquer identificação. Não era um nascimento, era um falecimento. Não era a vida, era a doença. Não havia motivos para comemorar, a ideia era participar de uma tristeza tão grande que era difícil de prever.

O recepcionista era um homem preto, alto, careca, que sorria para as pessoas. Mesmo sabendo, provavelmente, o que cada uma fazia ali, ele sorria. Esticou na minha direção um adesivo, e eu já sabia o que fazer. Colei na camiseta, na altura do peito, e segui a viagem entre cheiros, rampas e pessoas fantasmagóricas até o quinto andar daquele prédio bem equipado. Andei lentamente, deslizando sobre lembranças que evitei heroicamente. Infância, juventude, parque, viagens, brigas, conversas, filmes, músicas, tudo empurrado para algum canto mudo do cérebro, enquanto meus pés calçados me levavam ao quarto onde eu teria de me despedir sem esforço. Não dependia de mim em nada. Andei sobre nuvens, espinhos, pedregulhos, fogo e água; andei sobre pregos, pétalas, relva e cacos. Tudo em corredores finitos, que me levariam àquele quarto específico, numa rua, num bairro, numa cidade, num país do mundo onde minha mãe simplesmente morria. Ao caminhar, eu me dava conta do inexorável e de que seria uma única vez, uma única dor, um único dia, mas que não seria como nenhum outro. E eu não tinha como evitar.

Estaquei na porta. Torci para que ninguém a abrisse. E se eu não batesse? Simplesmente não entrasse? Me refugiasse num lapso entre o estar completamente parada e o tocar na maçaneta. Aliás causava-me horror tocar em maçanetas de hospital. E se por acaso eu morresse? Havia escolha? Estar viva e com saúde é tão poderoso que simplesmente não se escolhe experimentar os dias anoitecendo e amanhecendo, anoitecendo e amanhecendo. Mas há dias que anoitecem tristes. Estaquei na porta e não ouvi nada dentro do quarto, nem sequer o bip da máquina. Nem passos arrastados nem vozes sussurrantes. Apenas ela e meu irmão estavam lá. E eu estaria, em algum momento do futuro próximo.

Estaquei. Paralisei-me. Não era possível me mover. Eu podia quase beijar a porta, mas não a podia abrir. Até que veio uma enfermeira sorrateira e me pediu licença. Acordei de um delírio estranho, mesmo sabendo que não havia se passado nem um minuto do lado de fora de mim. A enfermeira abriu a porta sem cerimônia e fez sinal com a cabeça para que eu entrasse. Vi lá dentro, sem querer ver. Deve ter achado que eu estava ali sem ação, mas talvez também já soubesse o que eu gostaria de evitar.

Tive de entrar. Pus os pés no quarto, cumprimentei Nelsinho com um toque no ombro, evitei olhar para ela. Olhei pela janela, o mais longe que pude, num horizonte ainda muito claro, a cidade ruidosa lá embaixo, tudo muito alheio ao que acontecia ali, dentro daquele quarto com cheiro de fim. Evitei olhar para a cama, evitei ler os aparelhos, evitei falar.

"Então?"

"Então..."

Não se diz "então" num quarto de hospital com nossa mãe em estado terminal. "Então" é uma palavra que pode acelerar tudo, pode induzir ao movimento, pode levar à morte. O que responder a um "então" numa situação como esta?

"Tem certeza?"

"O médico disse que sim."

"Ela tá sofrendo?"

"Não. Está confortável. Não falta mais nada."

"É esperar?"

"É... e pouco, parece."

"Isso é previsível?"

"Deve ser, porque ele disse que eu podia te chamar."

"Você se despediu dela?"

"Falei qualquer coisa. Ela estava grogue, nem sei se entendia."

"Eu, nem isso..."

"Acho que ela sabe."

"Tomara."

"Quer sentar?"

"Esperar sentada? É isso mesmo?"

Espera-se pela morte de pé ou sentada? Pode parecer pressa, pode parecer desdém. Pode parecer um desajeito completo. Pode parecer tristeza travestida de rudeza. Sem despedida. É como se a conversa nunca fosse terminar. Sem conclusão, sem coda. Ela simplesmente nos deixaria, depois de décadas de uma vida que não sei como ela avaliaria. Não era da minha alçada avaliar. Esperar na janela, olhando a rua lá embaixo, as buzinas, o pipoqueiro e a moça desolada sentada no meio-fio. A fila de táxis, os motoristas conversando qualquer coisa abraçados cada um à sua porta, de vidros abertos, cada um com sua rádio. Olhar lá de cima e ver tudo pequeno. Uma coisa grande acontecendo ali ao lado, dentro do quarto, e o pipoqueiro girando aquela manivela, enchendo o carrinho de pipoca doce, aqueles flocos brancos caindo.

A máquina fez um barulho. Um novo barulho. Uma coisa mais suave. A enfermeira olhou como quem sabe tudo e saiu pela porta. Também sem cerimônia. Nelson me olhou. Tem hora que o olhar é mais de irmão do que nunca. Me pareceu isso. Olhei para fora de novo, tentando me ater à antena do prédio do outro lado da rua, pensando se ali era comercial ou residencial. Em poucos minutos o médico entrou, a enfermeira atrás, com cara de confirmação. Ele me cumprimentou com um boa-tarde pouco convincente, leu as máquinas, uma delas com mais dedicação, anotou algo com aquela Bic amarrada na prancheta (Bic de hospital deve ser tão terrível quanto maçanetas), tocou em minha mãe, forçou a abertura do olho esquerdo dela, verificou a pupila, provavelmente. O que viu lá? O que um médico acostumado a isso enxerga nas pupilas das nossas mães a morrer? Eles veem músculo, retina, sangue passando ali atrás, veem a história da pessoa como naqueles antigos filmes de fotografia, veem o rabicho da alma saindo por uma fenda, veem felicidade ou tristeza, veem uma espécie de olho mágico que aumenta ou reduz, veem uma luz? Ele anotou, disse "Podem se despedir".

Nunca ensaiei essa despedida. Quem sabe se despedir assim? As mortes ou são repentinas e não nos dão tempo ou são previsíveis e nos dão esperanças falsas. O que dizer ali? Tchau, até logo, até a vista, até mais. Te encontro lá em cima. Não era possível dizer. Nelson parecia rezar. Não quis pegar carona na oração dele. Eu podia simplesmente pensar, pensar com força. Equivale a rezar? Agradecer. Vale agradecer? Pareceu, enfim, o mais adequado. Uma gratidão imensa foi a única coisa que consegui pensar. Sem saber dizer, em detalhes, mas aquela mulher, que ali deixava de ser mulher para ser corpo inerte, me parecia a pessoa mais importante do mundo e a que mais coisas viveu e fez em meu favor. Só ela. Agradeci com fervor, sem dizer frases feitas ou versos aprendidos no catecismo.

Vimos quando ela se apagou, delicada como uma vela. Uma vela que não se sopra, não. Uma vela soprada se apaga com estertor, violentamente. Apagou-se como uma vela que se gasta, um pavio que não sustenta mais a chama, um encolher-se, um simplesmente sumir. Usou o corpo para habitá-lo temporariamente e, ali, apagava-se como se a alma fosse um fiapo de luz delicado. Sem som, sem lágrima, sem movimento algum. Apagou-se. É de fato muito estranho ver minha mãe sem a alma de minha mãe. O médico voltou a abrir as pálpebras e lá por dentro vi um olho sem ânimo. A coisa mais estranha que já me aconteceu. Era ela e não era mais. Era eu e não era mais. E o pipoqueiro girava e girava a manivela, sem prestar atenção aos carros que passavam e passavam.

Dois meninos

Às onze e cinquenta da manhã, logo depois da antipática sirene da escola, eu tocava a campainha de sua casa e seu Amadeu vinha me atender. Meus dedos ainda cabiam entre os floreios das grades antigas daquele alpendre de casa velha. Antes, eram apenas as conversas ao pé da árvore sobre os assuntos caros a nós, o velho e eu. Ele me ensinava a observar os verdes diversos das copas amplas, ao longo das estações do ano, e as casas de joão-de-barro; ao passo que eu me dedicava a contar-lhe os detalhes e resultados dos campeonatos de futebol, que ele não conseguia mais ver, na ausência triste dos óculos quebrados, e a ensiná-lo a pronunciar umas palavras em inglês, língua que lhe soava sempre imperialista. Eu não sabia o que era isso. Era meia dúzia de palavras, e provavelmente mal pronunciadas, mas que soavam o mundo inteiro para ele, vindo de um povoado isolado qualquer, onde os pretos viveram por um tempo escondidos, quem sabe?

Quase nunca entrei pelo portão. Era uma espécie de acordo o fato de que nossa conversa de quinze minutos teria como cenário a rua calma e o arvoredo remanescente. A vizinha chegava na janela para nos cumprimentar e sempre comentava sobre meu tamanho, que eu crescia, que eu ganhava corpo. Um menino pequeno, magro, aloirado e de olhos espertos. Era isso o que ela dizia de mim, e era com essas palavras que eu me sentia um retrato em sépia. E seu Amadeu ria com os dentes amarelados do cigarro da vida inteira, vício que lhe faria companhia até os últimos dias. Era um homem alto, escuro, roliço e de cabelos brancos e desbastados pelo tempo, mas não era calvo. Eu me admirava da resistência daqueles fios, assim como da resistência das árvores daquela rua. Tão próxima à minha casa e tão diferente. Seu Amadeu parecia uma foto em preto e branco.

A escola me liberava às onze e quarenta, e eu sempre me dirigia para o portão do seu Amadeu. Tocava a campainha pontualmente, e ele parecia saber que eu chegaria faminto de uns afetos do avô que jamais tive. Tínhamos idades tão distintas que podíamos medir o mundo de pontas opostas, mas não era assim que sentíamos quando estávamos juntos, conversando sobre o gol do campeonato e as manhãs em tons de laranja.

Era assim que eu vivia, entre as compensações possíveis. Os abraços de minha mãe se pareciam com ferroadas. Nunca soube dos abraços de meu pai verdadeiro. E então jamais tive uma árvore genealógica com todos os galhos, inteira como a paineira do jardim do seu Amadeu. E era ele quem me oferecia aqueles ares de avô turrão, ao mesmo tempo de pessoa amorosa, que eu queria experimentar. Vinha com sorrisos meio tímidos espalhados pela cara redonda e os cabelos imóveis na brisa da hora do almoço. Parecia viver sozinho, e eu sentia que também fazia as vezes de um seu neto quase imaginário. Mas não entrávamos em nossas casas e mantínhamos nosso cenário de sóis e folhas.

Seu Amadeu vestia roupas sempre iguais, um pouco formais, até um colete surrado, e uns chinelos de couro cru. Falava com voz imensa e não me deixava xingar palavras feias. Me dava uma espécie de educação que só aprendi naqueles encontros rápidos. Conversávamos sobre coisas alegres e, passados alguns minutos, ríamos a plenos pulmões. Ele sempre desalinhava meus cabelos e tirava, com cuidado, a franja dos meus olhos: "Cabelinho desobediente". E, mais do que esses carinhos de avô, ele me dava balas e bombons, às vezes uma fruta colhida ali mesmo, em seu quintal de quase pai-avô.

No início de nossas conversas, confesso que tocava a campainha para ganhar doces que minha mãe não me dava. Não guardava paciências para aquele velho e me agitava rápido para ir embora. Aos poucos, me importei muito com outros doces mais brandos e passei a sentir carinho por seu Amadeu, de forma que tocava o dedo no botão encardido da campainha à procura de um abraço tímido, meio de lado, com palmadinhas nos ombros.

E assim nos tornamos amigos, com hora marcada para os encontros mais agradáveis de minha vida. Tenho certeza de que também eram agradáveis para ele, que lamentava a hora e pedia para que eu fosse almoçar: "Sua mãe fica preocupada, rapaz".

Seu Amadeu tinha leve sotaque do norte do estado e sempre mencionava o nome da mãe, uma Ana que morreu como um passarinho numa noite de primavera. E seu Amadeu ficou solteiro para cuidar de dona Ana. Quando ela morreu, a vida havia passado por ele, e então tudo pareceu vazio. Mas minha amizade deu ao velho uns ares de espera que são necessários para quem ainda não se foi.

E então passamos alguns anos crescendo juntos, dois meninos sentados à porta de casa, às vezes no alpendre limpíssimo, trocando experiências de gerações, acariciando os cabelos um do outro e dizendo bobagens afetuosas. Seu Amadeu era meu avô como outro de verdade não seria.

E eu era o neto que ele não teria jamais. E as balas que ele sempre me dava tornaram-se desculpas sortidas e coloridas para uma rápida visita na hora do almoço. Apenas isso, e não meu motivo predileto para sentar-me junto ao portão branco e conversar com aquele velho alto e firme.

Até que um dia, numa manhã de verão, com sol a pino e nuvens finas, quando jamais algo poderia me entristecer, encostei os dedos na campainha e toquei e toquei e toquei e toquei e toquei... e varreu a calçada uma brisa fria e fui almoçar em casa, sem as balas e os doces, pela primeira vez.

Dois minutos – *Hominivorax*

O animal ainda estava vivo, diríamos que até distante de morrer por causas naturais. Andava, latia, irritava-se com pombos que lhe roubavam a ração, observava o ambiente ao redor, comia, excretava, dormia e acordava. Os exames de uns meses antes, na terceira ou quarta bicheira, acusaram uma saúde quase perfeita, não fosse pelos dezessete anos de vida para um cachorro que, normalmente, vivia treze. No entanto, a última bicheira seria esta, que, como as demais, parecia repentina à observação humana, mas que, na verdade, era o resultado de um processo ao qual era difícil prestar atenção não se sendo especialista. Desta vez, não era o cotovelo nem a axila nas patas dianteiras; era o olho esquerdo, já complicado desde a infância da cadela bassê, que latia desesperadamente, deixando a vizinhança pouco amistosa.

Certa vez, encontramos na caixa do correio a seguinte mensagem num papel sem pauta, dobrado em quatro, dentro de um envelope branco:

> *Vizinhos,*
> *Não aguentamos mais. Tem gente convalescente aqui, pessoa idosa. Não dá mais para aguentar o latido desse cachorro. Ou vocês dão um jeito nele, ou tomaremos as providências.*

Sem assinatura, claro. Sem direção. O vizinho de cima, de baixo, dos lados, da frente? Que providências? Era uma ameaça, claramente; e sabíamos não poder fazer nada. Não sabíamos como emudecer um cachorro ou como controlar que ele só latisse em determinados momentos. Não seria possível atender à vizinhança. E talvez não fosse possível proteger o cão da sanha de quem não o suportava. Era uma ameaça sem solução. E dali em diante tivemos sempre medo de que o animal fosse envenenado, assassinado, maltratado, num momento de distração nossa.

A mosca se chama *Cochliomyia hominivorax*. Esses nomes latinos são de uma beleza e de uma propriedade interessantes. Nada é por acaso aí, nessas nominações espertas e científicas. É voraz. A larva é voraz e capaz de devorar uma pessoa inteira, começando de dentro em direção ao mundo, quando as vemos e sentimos um nojo aterrador. A mosca procura uma ferida onde pousar. Consegue, porque somos cheios delas, mais ainda os cães, que correm e se ralam no cimento, em especial se forem velhos e tiverem a pele tão fina e sensível quanto a de um velho humano. Tocar em nossos avós nonagenários dá um pouco essa sensação de uma pele que se desfaz, uma delicadeza muito próxima da fragilidade, a dissolução do corpo pelo órgão mais externo. Como se a membrana que nos delimita, separa e protege do ambiente se transformasse, aos poucos, numa cortina diáfana e aberta. Não somos impermeáveis a vida inteira e podemos nos tornar um poro só, vertendo sangue que não se coagula mais, introjetando a poluição do mundo. E assim também os cães.

A mosca voraz encontra então uma ferida aberta, desprotegida, e põe centenas de ovos nesse ambiente de sangue e calor. Em 24 horas as larvas surgem, tão vorazes quanto a mãe. Talvez mais, porque chegam ao mundo para conhecê-lo e para se tornarem outras moscas, dessas que procurarão feridas e porão novos ovos, num ciclo infinito. As larvas nascidas no intervalo de um dia, irrisório para um humano adulto, se alimentam de tecidos mortos ou vivos, embora possamos ter a impressão errônea de que apenas os mortos estão à mercê desses animais famintos e ágeis, que podem ser vistos dentro das cavidades do corpo todo, mas em especial assomando nas órbitas e narinas, na boca ou, quem sabe, nos ouvidos. Cavidades que são portas abertas para a entrada de tudo o que o mundo tem para nos infectar e infestar, mas também por onde os seres que nos habitam podem sair. Se a larva voraz cai no chão, encontra solo onde se esconder, ela se transforma em pupa, e esta se tornará mosca, em alguns dias, voltando a procurar por feridas abertas.

Há outros processos parecidos, como o do berne, de outra mosca, com outro nome latino e apropriado, mas que atua solitário, e não em comunidades que infestam crânios inteiros. Sozinho, ele adentra a pele – morta ou viva – e deixa um buraco por onde respirar, até que possa passar ao chão, à pupa, à mosca, ao berne e ao infinito. Mas nosso caso era de bicheira no olho, num animal vivo, que andava, latia, dormia, acordava e não conseguia exprimir a sua imensa dor, ao ter seu olho direito vorazmente comido por centenas de larvas de tamanhos variados, em menos de um dia.

Elas fizeram galerias, disse o veterinário calvo, de avental sujo e luvas. Galerias profundas, que atravessavam o focinho comprido e talvez chegassem ao cérebro, não era possível saber. Mas a pinça dele se afundava quase inteira pelo buraco do olho do animal e saía de lá com uma larva pescada, irrequieta, vivíssima, voraz, interrompida em sua sanha de se alimentar para se tornar uma pupa e uma mosca. O animal estava triste, dizíamos, mas ainda ontem não tinha isso aí. Já tinha, o médico dizia, mas nem sempre é possível ver a tempo de interromper esse processo bem no começo. Elas fizeram galerias, e afundava novamente a longa pinça entre centenas, talvez milhares de larvas que comiam a cadela por dentro.

Não gostávamos de vê-la sendo comida desde o interior, silenciosamente, já monocular e inocente. Não gostávamos de pensar que também ocorre aos humanos e que as larvas são rigorosamente as mesmas, da mesma espécie de mosca, que vem de uma pupa que se esconde no solo. Os mortos da família, tão limpos e maquiados, tornados ambiente para muitas vidas, em especial a da larva voraz que faz o seu ciclo em 24 horas. Mesmo que não vejamos e que algum processo químico importante e artificial as mantenha dentro do corpo, para que tenhamos um velório menos desagradável.

O veterinário pinçava larvas, que deixava num algodão à beira da maca, onde a cadela sofria, apática. Pinçava larvas em cachos, espertas, irrequietas, incomodadas, que produziam em nós um efeito terrível; uma mescla inominável de pena, dor, saudade, nojo e medo. Larvas infinitas, que pareciam crescer em ritmo acelerado, duzentas ou trezentas por vez, conforme a enciclopédia consultada às pressas. Como contê-las, a essa altura? Podemos pinçá-las por toda a noite, enquanto o animal incha e sofre. Elas fizeram galerias, e nossa vontade era sair do consultório, tomar um ar, enquanto as larvas vorazes viviam seus ciclos sem culpa. O bicho vivo. Não era um bicho morto. O tecido

quente, o sangue circulante. Não saíamos e nos olháva-
mos, sem palavras. Elas fizeram galerias. E os cachos de
larvas esbranquiçadas e ativas saltavam na luva do médico
e se arrastavam para fora do algodão empapado. Humores.

Então vejamos, o que devemos sentir, pensar ou perguntar? O veterinário não diria nada. Caçaria as larvas por
toda a noite, internaria o cão, anestesiaria, sem recuperar o
globo ocular nem as galerias, grandes feridas abertas para
os ciclos das novas moscas. Vejamos, nós é que temos de
perguntar? O que podemos fazer? Ela ficará boa logo? Esse
animal sofre. Está desidratado, velho, alquebrado, pele fina,
frágil, bolsas de gordura inofensivas atrás das patas. Que
sorte, não tem problemas de coluna. São comuns nessa raça.
Não tem. Forte, foi forte. Quase duas décadas? E vive. Elas
fizeram galerias. Aqui não tem mais um olho, ó. Não tem
mesmo. O focinho comprido inchado de um lado. Será
que elas estão aí? Saímos da sala. Não queríamos ver a pele
se mexer por dentro. Por dentro. Nada é agradável de se
ver por dentro, pelo avesso. Chega um momento que, de
tanto ver aquilo, passamos a ver nossa própria pele se mexer, se levantar. E o cão? Mas essa pele frágil, esses pelos
que caem muito, vejam.

Este animal está sofrendo. Nós estamos sofrendo. Qual
é aquela palavra? As galerias pelas quais elas comem tudo
por dentro, em especial onde a pinça não alcança. Pensem
bem. Pensem. Não temos pressa. Diríamos que o animal
tem. Não tem. Ele sofre. Apenas as larvas se sentem bem
aqui, as que não são ameaçadas pela pinça. Não cairão no
chão, não se tornarão pupas e moscas. Eutanásia.

Na nossa época, doutor, isso se chamava sacrificar.
Hoje, não se usa mais. É seguro, é tranquilo, indolor, todos

podem assistir. Podem se despedir. Mas vou explicar: daremos uma anestesia. Este animal, nesta idade, talvez não suporte já a anestesia, que é muito forte. Mas pode ser que aguente. O bicho se deitará, relaxará, faremos testes para ver se está mesmo anestesiado, se sente dor, se respira. Depois injetaremos a substância da eutanásia, que provocará mais relaxamento, o bicho sem respiração, talvez um leve estertor, talvez evacue ou mije por reflexo, solte o corpo, os humores do corpo, vomite, talvez. Vejam, nada disso aconteceu. Escolher entre sair do consultório e segurar-lhe as patas, como pessoas que se dão as mãos antes de partir. Tudo, umas pulgas, as larvas. Há outros animais que só vivem bem nos animais vivos. O corpo vai esfriar, em alguns minutos, e as larvas vão começar a sair sozinhas, vão procurar outro ambiente onde se alimentar, onde viver. Entre sair e ficar. De mãos e patas dadas. Sem dor, com certeza. O animal se vai, está indo, sem sofrimento, podem ver? Dois minutos. E nós, doutor? À vontade, podem se despedir, podem rezar, podem falar, podem ficar à vontade. O sangue escurecendo e um xixi escorrendo quente pela maca, passando pelas larvas ainda vivas, agora desabrigadas. Só não temos pena delas. Temos pena do cão e de nós. Talvez do médico, que não queria dizer, se esforçou em evitar, não quis sugerir, apenas dizia elas fizeram galerias, e pinçava larvas às dezenas como quem enxugava gelo. As patas vão esfriar, vai ser possível sentir. As larvas vorazes sem teto. Nós sem rumo. Um cão de dezessete anos fazia xixi sem saber na maca empenada de uma sala branca. E algumas coisas a resolver, vorazmente: dar destino ao corpo, crédito ou débito.

Duas carretas

Duas carretas se chocaram de frente na estrada de Ouro Preto. Os ocupantes das duas cabines sofreram escoriações leves. Pior mesmo foi para quem estava no carro de passeio que ficou no meio. Acorreram os bombeiros, a polícia rodoviária, os curiosos ao redor. Mesmo em uma estrada erma, surgem curiosos de todos os lados, ávidos por *likes* em redes sociais. Surgem mulheres com crianças de colo (as mães tapam um pouco os olhinhos desses miseráveis), bêbados filosofantes e donos de estabelecimentos de beira de estrada. Surgem viaturas, luzes coloridas e pessoas chorosas. Não são parentes, são as pessoas mais sensíveis da localidade e da ocasião. Surgem também repórteres, eles e seus microfones com a marca de suas redes de tevê, com as perguntas incríveis que devem oferecer às testemunhas, talvez aos motoristas cujas frontes sangram um pouco. Os cinegrafistas estão sensíveis aos olhares e às lágrimas que escorrem longamente nos rostos (e talvez caiam no asfalto sobre as marcas de freada); também fazem que filmarão dentro do carro prensado, mas não filmam. Algum transeunte fará isso com mais audácia e vazará nas redes sociais os estertores de uma mulher no banco do carona. Os cinegrafistas tão técnicos, colegas de jornalistas formados para serem apresentadores de bancadas sérias, pessoas de terno que darão tristes notícias. Pode ser que surjam também, tardiamente e com sorte ou azar, famílias de vítimas e esposas de mortos. As ambulâncias do Samu vêm buscar os corpos, primeiro os dos sobreviventes. Mesmo que sejam escoriações, é fundamental verificar traumas que possam ainda estar anestesiados pelo susto, pelo choque, pelo horror, por flashes de lembranças dos segundos antes da colisão.

Um vozerio. Mesmo na estrada erma e escura, surge um vozerio, um burburinho que vai ficando alto, em especial quando chegam os bombeiros equipados com alicates enormes que cortam carros como latas de sardinha. Os curiosos se aproximam para ver a retirada dos corpos do carro de passeio. Dois. O repórter 1 aborda um bêbado, pergunta se ele viu algo, o cinegrafista está atento, um close na testemunha ébria que disse ter visto os braços da mulher ainda se mexendo. Uma rara passante mais esclarecida diz, com ar de sabedoria, que eram apenas espasmos. Mas o homem diz ter ouvido a voz da mulher pedindo qualquer coisa, dando um recado, pedindo socorro. O socorro viria.

A retirada dos sobreviventes é entediante, mas não a dos corpos mortos. Dois. Uma mulher e um homem. Dessa informação finalmente confirmada começam a surgir narrativas, histórias para aquelas vidas anônimas, agora sob refletores e luzes de polícia. O repórter anota ali "Um casal" morto num carro prensado por dois caminhões. Sem chance de sobrevivência. A mulher ainda se mexia, segundo uma testemunha, agora dada como fiável. Uma mulher e um homem, ele dirigia, ela ainda tentou se defender com os braços. Foi em vão. Claro que foi em vão. A passante estudada comenta que são apenas reflexos. Talvez nem tenha dado tempo de pensar, de se despedir, de gritar. O grito saiu? Um grito desesperado, um palavrão? Não, por inteiro não daria tempo. Um grito de horror que ninguém ouviu. E se ela estivesse ao volante?

Por que não estava? Não estava. Morava na capital e trabalhava no interior. Enfrentava os humores da estrada toda semana. Mas qual era a história entre eles? Surgiam muitas. Discutiam? Se beijavam na curva? Cada curioso tratava de verificar, durante o trabalho dos socorristas, se ela usava aliança, em que mão, qual a cor dos cabelos, a cor da pele, se estava inteira, se os olhos estavam abertos, se se podia divisar uma nuança de vida naquele olhar eventualmente. O rapaz estava mais machucado. A batida foi mais forte do lado dele. Alguém tentou se desviar? Quem estava errado? Dois caminhões, duas vítimas fatais, "Um casal", segundo o jornal da noite, sem mais detalhes.

Os donos de estabelecimentos comerciais retornaram aos seus afazeres, incluindo a limpeza da entrada de suas lojas, com balde de água e sabão espumoso; o bêbado ali no canto, sentando num banco alto, com o copo de cachaça ou cerveja diante de si, num balcão encardido, pensando ainda que queria estar vivo, não queria estar no lugar daquele motorista; a moradora voltando da faculdade para casa, a pé, no escuro, controlando medos que vivia todos os dias; as mulheres com crianças de colo indo pôr seus rebentos para dormir, contando histórias da carochinha para que esquecessem as imagens de morte que viram, de que chegaram pertinho, por curiosidade; os curiosos voltando para seus ninhos, deixando os bombeiros trabalharem circunspectos para retirar dois corpos das ferragens, muito amassadas e retorcidas, quentes em alguns lugares, medo de explosão, mas dizem que sem maiores riscos. O rádio chamando sem parar para irem ver outros acidentes, com mais mortos, com feridos, com gente ainda por verificar. A estrada erma e os telefonemas perturbadores.

A lei reza que um cadáver precisa ser encaminhado ao Instituto Médico Legal se a morte decorrer de alguma violência ou por causas não naturais. Era o caso. Acidente brutal de trânsito, diríamos. Em alguma medida, por alguma razão, homicídio.

"Alô. Sim, boa noite. Sou eu. Sim, sou eu. Mãe dela. ... Mãe. ... Sim. Onde ela está?"

Viajar à noite pela estrada erma e perigosa até encontrar o ponto exato do acidente. O namorado dela vai na moto, vai sem chorar, é preciso manter a calma. Como manter a calma? Os pais dela são idosos, não vão aguentar. Não podem ir. Não podem viajar para ver a cena que veriam. É preciso ir com calma, sentindo o vento no rosto, chicoteando, evitar as lágrimas e enxergar bem os obstáculos. É preciso viajar dezenas de quilômetros para chegar à altura em que os dois caminhões se chocaram. Problema mesmo era o carro de passeio que estava, por azar, bem no meio. Mas que história era essa?

"Ligaram aqui dizendo que ela está no carro, houve um acidente, você pode nos ajudar?", a voz trêmula, inconstante.

Fazer uma viagem pela estrada erma a fim de encontrar um corpo. Apenas o corpo. Talvez irreconhecível, quem sabe? Ou o bombeiro nem estava sendo sincero. Bombeiros são treinados para ser sinceros, sensíveis? São treinados para usar bem as palavras? Quantas expressões relativas à morte um bombeiro aprende na vida? Quantas formas ele aprende de dizer sobre a morte, todas as mortes, as naturais e as não naturais? Os bombeiros têm a simpatia da população. São heróis, mas não são milagreiros.

O bombeiro que telefonou para a mãe dela era educado, gentil e cuidadoso. Eles aprendem a amenizar em seus cursos de salvamento. Não sabiam dizer ao certo qual era aquele ponto da estrada, mas era perto da curva, a curva perigosa. Essas estradas e suas curvas fazem a própria fama, ficam famosas com o tempo, ganham status de lugar reconhecível, são como pontos marcantes em que as pessoas passam e se lembram de coisas muito tristes. Muitas estradas têm cruzeiros ao longo de toda a sua extensão. Nem sempre há um bêbado como testemunha.

Uma pessoa que morre de causa não natural deixa um corpo que precisa ser primeiro levado para o IML. Não vai mais doer nada. É preciso verificar as causas da morte, descrever com exatidão o que houve e redigir um laudo, numa linguagem que poucas pessoas entendem. Traduzir aqueles laudos em frases terríveis e impactantes é tarefa dos jornalistas. Eles devem dizer que a causa da morte foi uma perfuração profunda no estômago, nos pulmões, até a decapitação. Mas também há linguagens que os jornalistas aprendem, conforme a linha editorial dos veículos para os quais trabalham.

A funcionária da lotérica ouviu, ao meio-dia, enquanto almoçava na lanchonete ao lado, com a tevê ligada:
"Mais um acidente! Ontem à noite, um casal morreu em uma colisão frontal na estrada de Ouro Preto. O homem e a mulher foram encontrados já sem vida pelos bombeiros, que levaram meia hora para chegar."
[Povo fala: "Quando cheguei, a moça ainda se mexia".]
[Lágrima escorre dos olhos da mulher que passava voltando da casa de uma amiga.]

Bom assunto para a hora do almoço. A moça da lotérica não liga. Não conhecia nenhum dos dois mortos, isso dá um refresco às vezes sem culpa. Mas é bom comentar como a estrada ali naquele trecho é perigosa, todo dia tem uma notícia, ave-maria. Um dia queria conhecer Ouro Preto, cidade histórica importante. Não deu ainda porque pousada lá é caro. A última garfada de arroz com feijão, suco, guardanapo engordurado. Hora de voltar ao trabalho.

O cadáver que vai para o IML às vezes é a sua filha, a sua tia, a sua irmã.

Todo mundo sabia que o bombeiro só estava sendo educado. Não chegava a ser sensível, não é da profissão dele ser sensível a coisas assim. Ele precisa ter sangue-frio para trabalhar, retirar dos escombros, da água, do fogo, do meio dos ferros retorcidos, das explosões, dos lugares onde o perigo continua. Todo mundo sabia que, na hora da ligação, ela já estava morta. Ela sempre esteve morta. Ela mal teve tempo de gritar. Será que estava olhando o celular quando aconteceu? Nem o grito ela deu, se assim foi. Mas ninguém sabe. Se houve consciência e um grito de horror, ele ficou perdido no ar, numa dimensão entre a vida e a morte, menos que milésimo de segundo, alguns gramas a menos, dizem.

Todo mundo sabia que o bombeiro só queria adiar um pouco o impacto da família. Ninguém acharia conveniente que dois velhos a vissem naquele estado. Estado de cadáver de pessoa que morreu de morte não natural. Todos trêmulos, assustados, porque mortes como essas, sem aviso, dão vontade de vomitar. Os velhos aguentaram bem. Não era a primeira filha a partir assim. Um pesadelo.

O bombeiro disse em palavras que ninguém gravou. Sumiram no tempo. O sentido do aviso era que ela estava morta e que o corpo teria de ser levado ao IML. Depois reconhecer, liberar, o que fazer? Providências que ninguém tem muita experiência em tomar. Melhor: sempre alguém tem ou aprende na hora. É caro, é puxado. Flores para um caixão. Vamos decidir se é cremar ou enterrar. Perguntas que ninguém quer fazer e às vezes o bombeiro faria melhor do que a família. O corpo não está liberado. Não é possível vê-la mais.

Vêm à lembrança dos velhos os momentos finais, antes de ela sair de casa e ir trabalhar. Buzinaram na porta, o motorista semiprofissional pago apenas para levá-la até lá, no carro dela mesma, porque ela não queria dirigir naquela estrada perigosa. Mas não adianta quando dois caminhões vão mesmo se beijar. Não adianta quando o bêbado derramar um quase gole de cachaça ou cerveja na camisa suja, disser um palavrão e entender que o susto foi causado por um estrondo. O estrondo de uma batida. Um som de freada, um som de freio de caminhão, que os moradores das redondezas, dos matos que são as franjas da estrada, reconhecem a qualquer tempo. Os ruídos são conhecidos, os dos bombeiros, da polícia, batida, freada, atropelamento, quase ou consumados. Os consumados deixam no ar um peso que nada mais tem. Até as crianças pedem para ver.

Antes de sair, ela tomou banho, pôs um jeans, uma blusa; ela tinha emagrecido muito, encheu a bolsa de barrinhas de cereal, uma garrafinha d'água, o fio dental, sorriu para passar batom, discreto, tênis, hoje é tênis. Buzinaram lá fora. Professora não pode se atrasar. Pega muito mal.

Dois minutos a mais, a menos, uma vida a menos. Isso deixa todo mundo louco quando se para para pensar. Mas não foi na ida; foi na volta. Dois minutos, menos que isso, e seria tudo igual, sem interrupções. Ou não? Ou é como nos filmes em que a morte é um ente perseguidor?

Ela disse tô indo com aquela voz estridente de sempre, fez um barulho na porta, vai com Deus, meio gritado, todos falavam gritado ali, mas era normal. Entre eles era normal. Os velhos viam tevê e acarinhavam os gatos gordos no sofá. Fazia frio. Nem era calor. Na estrada erma faz mais frio ainda. Vai-se saindo da capital e o tempo se ameniza. Ela pegou o casaquinho, levou embaixo do braço junto com a pasta de materiais de aula. Levou tudo, abriu o portão gradeado, fechou, tropeçou num buraquinho da calçada, tentou abrir a porta do carro, estava fechada, o motorista apertou um botão, abriu, ela entrou, sentou-se, agradeceu pela troca, era o irmão, o motorista não poderia ir naquele dia. Ah, que pena, mas vamos lá. Você sabe o caminho, né? Todo mundo sabe esse caminho. É um caminho famoso, conhecido, não chegaremos a entrar em Ouro Preto, é Congonhas ali ainda.

Foi isso o que os velhos perceberam dela antes de o bombeiro ligar. Só eles. Ao namorado, o da moto, ela só mandou uma mensagem dizendo que estava indo dar aulas, amanhã nos encontramos, beijo. Ele demorou a ver, demorou a responder com um OK, beijo. Era sempre assim, sem surpresas.

Não era mais ela. Diziam agora *corpo* e *cadáver*. *Corpo* ainda soa melhor. Mas é só um corpo. Os processos que agora acontecem dentro dele são diferentes dos de antes. Ela não pode mais sequer gritar de horror. Dizem que os mortos em mortes violentas às vezes estão urinados, cagados, vomitados porque os fluidos saem todos no aperto, no susto, nos cortes, nas reações espasmódicas. Quem quer pensar nisso nessa hora?

O corpo foi levado para o IML. O dela e o do motorista. Os jornais locais continuaram dizendo que era um casal. Muita gente deve ter produzido histórias tristíssimas: poxa, marido e mulher juntos, mas que bom que se foram juntos, será que se davam bem, deixam filhos?, será que estavam discutindo na hora?, será que foi por isso?, será que ele estava desatento?, será que deu tempo de ver alguma coisa? Mas não eram um casal. Eram um homem e uma mulher viajando juntos, na volta para casa. Ele teve seus últimos momentos de motorista: foi ao banheiro esvaziar a bexiga, tomou água sem exagerar, comeu uma coxinha na lanchonete da porta da escola, caminhou até o carro e esperou que ela chegasse. O local era o combinado. Ela veio balançando o casaquinho no braço direito, a pasta, a barrinha de cereal meio mordida na mão, a água embaixo do braço, vamos. Ninguém sabia quantos minutos de vida ainda restavam.

Teve ou não teve grito de horror?

Amedrontada, a sobrinha demorou muito a chegar perto do caixão. Escolheram enterrar no jazigo da família o corpo liberado do IML. Da porta do local do velório mal dava para divisar o rosto. Não era fácil fazer a aproximação. Se a sobrinha fosse o bêbado da bodega da estrada, teria certa facilidade filosófica de chegar perto, olhar, até tocar para ver se a tia se mexia. Se fosse a mulher com a criança no colo, olharia bem de perto, pela janela lateral, onde a tia estava ou já não estava mais. Se fosse a criança, faria perguntas interessadas e curiosas sobre partes do corpo e condições para a vida. Se fosse o bombeiro, teria por obrigação se aproximar, tomar o pulso (se houvesse braço, mãos), verificar sinais vitais, forçar ferros, chamar reforços, tocar nos corpos, pô-los em macas especiais, dar recados pelo rádio. Se fosse o dono do estabelecimento, continuaria limpando a entrada do bar, talvez olhasse de soslaio para mais um acidente de estrada, todos quase iguais. Se fosse o médico legista, saberia o que escrever sobre aquele corpo inanimado – e que bela palavra. Se fosse a maquiadora da funerária, se preocuparia com a recomposição do rosto da tia, muito bem-feita pelo IML. Mas ela não era nenhuma dessas pessoas. Como sobrinha, não queria chegar perto e ver um corpo de olhos fechados e mãos arroxeadas.

Da porta do salão do velório, pensou muitas vezes em não entrar. Os velhos estavam sentados ao lado do caixão, de mãos dadas como dois namorados, velando a morte de mais uma filha bastante jovem. Sustentavam certo ar de enfado, mas não era. Era uma tristeza tão profunda, difícil de sentir. A estrada escura, o irmão do motorista, dois caminhões seguindo errado, um complexo cálculo do universo ininteligível. Os velhos se escoravam. A irmã mais velha da morta, à direita do caixão, conversava suavemente com mais gente da família ou da vizinhança. São dessas famílias que têm vasta vizinhança, antigas companhias.

A sobrinha caminhou até a beira do caixão. Caixão aberto, menos mal. Foi possível recompor a face, o corpo, apresentá-lo dignamente. Era possível se despedir dela. Que palavras diria o bombeiro que a retirou das ferragens?

Que palavras o namorado, o da moto, pensava, sentado ao longe, na grama, perto de onde ela finalmente repousaria? À beira do caixão, sem pressa, pôde olhar calmamente para aquele rosto.

Não fixamos o olhar nos rostos das pessoas quando elas ainda estão vivas. Talvez por uma vergonha, um traço de civilidade, uma desatenção ignorante, um desaproveito.

Ali a sobrinha observou os traços, a boca, a pele, o oco dos olhos, o cabelo penteado, um batom suave. Desceu o olhar até as mãos: cruzadas sobre a barriga inchada. Observou que a de cima escondia a ferida profunda da de baixo. O propósito era esconder as escoriações, parecer um corpo quase íntegro e digno de ser visto, digno da despedida.

Mas o rosto, sim, ele impressionava mais. Por baixo daquela camada espessa de flores, não se sabia se havia um corpo, uma anca, as pernas. Parecia que sim. A composição do caixão encorajava a que se completasse tudo, que o olhar afetuoso preenchesse possíveis lacunas. Mas o rosto exibia um esforço de recomposição muito maior. No rosto, a testa recosturada ao início do couro cabeludo, um talho que lhe abrira a boca até quase a orelha aparecia suave, alinhavado por dentro, serviço feito por gente muito cuidadosa, uma espécie de costureiro ou costureira de corpos humanos, animais, mortos, a serem refeitos para a apresentação à família, aos afetos. Era possível ver a ponta dos dentes da frente sob o lábio empalidecido. Que dentes eram esses? Os dela?

Lembrou-se imediatamente do sorriso e da risada alta, indiscreta, às vezes constrangedora. A tia era dessas pessoas que às vezes envergonham os parentes e amigos, têm vida demais, espalhafatosa, a voz projetada para fora, a risada escandalosa, os dentes frontais com um pequeno diastema. Que dentes eram esses quase a escapar de uma boca fechada à força? O nariz recomposto, os olhos fechados mecanicamente. O bombeiro deve ter, talvez, visto o susto raiando ainda nas pupilas. A sobrinha não veria mais.

Quis abrir os olhos dela com os dedos, o indicador e o polegar, mas não teve coragem nem permitiriam. Pouca coisa é mais terrível do que profanar um cadáver. Quis tocar aquele rosto cor de cera, maquiado levemente com algum pó compacto, os cabelos penteados para trás. Deu-se conta de que ainda conseguia imaginar os movimentos dela, os tiques, os trejeitos. Mas ela não se levantaria dali. Os velhos escorados um no outro, quase a suspirar de enfado.

Os velórios são uma espécie de festa macabra. Do lado de fora, parentes distantes se reencontravam, primos se estranhavam, vizinhos se cumprimentavam, pessoas contavam piadas e falavam em festas passadas. Eventualmente trocavam telefones atualizados, falavam dos filhos crescidos e dos netos poupados de um evento tão triste e terrível. Morrer assim, gente, como eles vão suportar?

Um escorado no outro, como num quadro, quase imóveis. A velha só coçava o nariz de vez em quando, a secar uma umidade qualquer que lhe escorria quase sem que a sentisse.

A sobrinha olhou fixamente. Não soube se as pessoas mais atentas ao redor a julgaram, se a quiseram interromper. Fato é que não interromperam. Pôde olhar, gravar os traços da tia, tocar-lhe a mão que ficava por cima da outra.

Não teve coragem de passar o dedo na costura da bochecha, um talho enorme que provavelmente faria a morta sorrir sem querer para sempre. O bombeiro poderia dizer, mas ele poupou a todos.

A despedida de um cadáver é estranha. Mentalizou muitas coisas que lhe queria falar, conversas que queria ter com ela, enquanto não a enterravam. Teve a sensação de que ela a poderia ouvir. Embora o corpo lacerado e recomposto estivesse ali para as despedidas formais, pensou que a tia mesma pudesse estar naquele ambiente, rondando, pairando, não sabia ao certo que verbo usar. O bombeiro também não sabia, nem a maquiadora, o legista ou o bêbado filósofo. Às crianças da estrada devem ter dito que aquela moça virou estrelinha. E foram todos dormir tranquilamente, como nunca mais a sobrinha dormiu.

Duas barragens

Passei a viver, dormir, comer, acordar ouvindo uma sirene. Um uivo, um silvo, um trinado estridente que nunca mais cessa e que, na prática, não impede que a tragédia aconteça. Não adiantou no dia e jamais adiantará. Pensar que o refeitório imenso foi construído embaixo da barragem? Numa mesa de executivos, isso era piada. Nunca haveria de passar da piada de mau gosto, aqueles engravatados que tinham três ou quatro horas de almoço e saíam para comer em bons restaurantes só podiam achar que nunca ia acontecer; e, se acontecesse, nada respingaria neles, em seus colarinhos, em seus ternos italianos, suas carecas lustrosas tratadas a bons hidratantes.

Uma sirene, um apito, contínuo, oscila quase nada. Toca, toca, não para. Parece um defeito do ouvido, depois de um tempo. A gente se acostuma a tudo, o cérebro vai se adaptando, como ocorre aos cegos de cegueira não congênita; como acontece a quem sente dores crônicas. A gente arranja um jeito de sentar, de deitar, de andar que faça doer menos, que pareça um pouco mais confortável e permita continuar vivendo, acordando, comendo, dormindo. Uma fisgada, de vez em quando, e a gente se adapta de novo. Compensamos tudo. Uma sirene que não chega a incapacitar. O que incapacita mesmo é a raiva, é viver todos os dias pensando naqueles filhos da puta e no estrago todo, uma cidade inteira embaixo da lama, a casa da gente, o carro, a geladeira, os pratos ainda por lavar, o cachorro, a mãe da gente, a irmã mais jovem, grávida, o sobrinho que a gente nem conheceu e o filho que a gente não viu ter barba. É isso que incapacita, e a cada vez que a gente vê na tevê a notícia da impunidade. Assim: o Ministério Público disse isso, o Tribunal de Justiça disse aquilo, a voz da repórter em off enquanto passam as cenas dos homens e de algumas mulheres sentados ao redor de mesas de madeira maciça ou em amplos salões onde as coisas são resolvidas para poucos. Não é na cabeça deles que a sirene toca o dia inteiro, e as imagens da lama escorrendo feito um mel estragado, numa quase cascata viscosa, mas rápida, parece um pesadelo constante, renitente, repetitivo, quase dando para ver o telhado da casa, a mãe, o cachorro, os talheres. A sirene engolida pela tragédia e o silvo longo que nunca mais cessa.

Era dia, havia luz, mas ficou sendo noite logo depois. Não dava tempo de nada, nem de pensar. E quem tentasse correr também não conseguiria. Às vezes rezo para agradecer que tenha sido tão surpreendente para quem estava lá dentro de casa, organizando as coisas no armário, ajeitando a resistência do chuveiro, vendo tevê, alguma coisa inocente feito um desenho animado, e de repente foi engolido por uma lama que chegou pela janela, mas também caiu do telhado. Era um fim do mundo, uma cena bíblica, um apocalipse com cheiro e textura. Não deve ter dado para pensar, para entender. Essas coisas são assim repentinas, rompem com todos os nossos sentidos, nunca foram imaginadas. Se a gente evita, a vida inteira, morrer de acidente, eletrocutado, afogado em mar aberto ou em cachoeira, de doença prevenível, a gente não pensa em morrer afogado por uma lama pesada, escura, viscosa, poderosa, malcheirosa, tóxica, que nem chega propriamente a entrar pelas narinas e pela boca; ela entope, tapa, encerra tudo ali, num instante. Não se respira, não se enxerga, não se pensa mais. Nem o tempo de saber o que é. É uma espécie de atropelamento enquanto a gente arruma o armário ou vê tevê.

Como a lama passou por cima da casa, a gente só presume que o cachorro, o carro velho, a mesa, a geladeira, a mãe, a irmã com sobrinho e o filho imberbe estivessem lá. Porque eles nunca mais apareceram e a vida ficou sombria e habitada por essa sirene que não desliga, que não tem igual, que não deixa nunca mais a gente pensar e parar de esperar. Não enterrar um morto ou um desaparecido é uma espécie de espera que devia ter outro nome, uma etiqueta mais insuperável e mais exclusiva para esta coisa que se instala no peito da gente feito a lama que entrou pelas janelas, forçando a porta e se acomodando por lá, depois que parou de escorrer da barragem.

Quase desistimos de esperar pelos corpos. Mas mesmo que queiramos e que a sirene já seja castigo suficiente, não podemos. Não conseguimos parar de esperar pelos corpos dos nossos mortos. Acordamos, comemos, cochilamos, andamos, dormimos pensando neles, porque não temos qualquer controle sobre esse querer que diz respeito a chorar e a se despedir, a entender que eles realmente se foram. Não é possível fazer isso quando, todos os dias, o jornal dá notícia de desaparecidos, que é uma categoria de perda que não chega a ser morte e que significa uma espera excruciante. Sem estimativa, sem perspectiva, porque não se pode esperar rapidez da lama depois que ela se ajeita e se instala, depois que ela aterra, soterra, se acomoda, se ajeita no terreno, feito um rinoceronte meio cansado. O jornalista, de botas de plástico, procurou um bom ângulo para mostrar o estágio em que se encontram as buscas. Só ouvimos falar de buscas e do heroísmo dos bombeiros, esses homens que passam dias e dias rastejando, especialistas em rastejar, como répteis, anfíbios, homens que têm uma missão na qual nunca havíamos pensado. Alguém imagina? Alguém nasce, cresce e sonha em ser um homem especialista em técnicas de rastejar na lama à procura de partes de corpos?

Na tevê, uma reportagem insiste em mostrar os números precisos de pessoas mortas, mas restam ainda algumas desaparecidas, essas quase mortas, mas ainda não, que deixam em nós uma espécie de esperança absurda. Virão em fragmentos reconhecíveis apenas por processos químicos, chamaram lá para tomar nosso DNA, que será cientificamente comparado ao de pedaços de pele, mãos, braços, pés, ossos. Crânios raramente ficam inteiros. Eles se desmontam, soltam a mandíbula, desfazem-se em ossinhos, que podem ser rejuntados como num quebra-cabeça, com o perdão do possível trocadilho. Mãos são quase impossíveis, assim como pés e aquela miríade de ossinhos. Colunas se esfacelam em disquinhos que serão brinquedos para crianças do futuro, quando aqui for um sítio arqueológico e tudo isso tiver sido esquecido. Vão achar fósseis de bichos, de plantas, e minha mãe, meu filho. Ossos grandes, como os das coxas, dos braços, as escápulas, esses são encontrados quase inteiros, trincados, e precisam ser limpos e colocados nas gavetas certas, junto com outras peças do mesmo corpo.

Na mesma reportagem, os bombeiros rastejam sobre uma espessíssima camada de lama de rejeitos, como se nadassem na terra, deslocando-se com precisão, enfiando as mãos, às vezes, nesse solo viscoso, tentando retirar algo que não sabem ao certo se encontrarão. Fazem isso em áreas antes rastreadas por cães treinados, cães caríssimos, muito adestrados, que podem sentir cheiro de gente morta a distâncias impressionantes. Eles apontam onde estão as pessoas, eles às vezes são treinados com o cheiro das roupas antigas dessas pessoas, mas até isso é difícil de fazer quando a lama levou tudo, inclusive a casa, as gavetas, os armários, os ganchos de pendurar o vestido de ontem que seria usado hoje pela nossa mãe.

Alguém sonhou em ser um bombeiro que rasteja e encontra partes de corpos? O inimaginado nos surpreende e nos aterroriza, juntamente com a sirene que nunca mais cessa. Não adianta acordar com pressa. É mais um dia atrás de outro, em compasso de espera, porque ninguém sabe ao certo se a lama afundou as pessoas que trocavam a resistência do chuveiro ou as que comiam no refeitório logo abaixo da barragem, ou se o lamaçal empurrou todo mundo por muitos metros, se levou as pessoas como se fossem bonecos entupidos com rejeito por todas as cavidades. A vida demora a começar, mas se apaga rapidamente. Terá sido rápido? Quando uma parte de um corpo é encontrada, a família recebe um telefonema amistoso, carinhoso, da polícia ou do IML, dando a notícia aos familiares, que vivem um pesadelo desses que se repetem como discos arranhados. Achamos um pé, fizemos os exames, é da sua irmã; hoje achamos uma escápula de mulher na mesma região, pode ser a dela, vamos aguardar, logo entraremos em contato; olha, encontramos uma mandíbula feminina com dois dentes postiços, pode ser dela, vamos torcer. Vamos montando as pessoas, passando os dias, atendendo aos telefonemas, até que isso finalmente acabe. E a sirene toca continuamente.

Alguns repórteres se especializaram e são sempre destacados para acompanhar as matérias sobre a tragédia por um, dois anos, depois de a lama descer feito um véu sobre uma pequena cidade inteira. Um véu pesado, cobertor de escória, sujo, malcheiroso, impiedoso. A moça maquiada e de botas sobe numa parte mais firme do terreno, mostra a ruína de uma casa que ainda está lá, sem habitantes, ou eles ainda estão, tornados parte do reboco. Mas o importante não é isso. Hoje, o que importa é a nova tecnologia que aportou na área dos resgates, onde a lama continua como uma espécie de cemitério dos corpos não encontrados. Uma máquina muito grande, com uma esteira muito precisa, que puxa partes de terra e lama e atua como uma imensa peneira, tremulando e fazendo um barulho alto, chacoalhando terra e ossos e penas e pernas e mandíbulas e dentes e escória e rejeito e metais pesados e montanha e mato morto e cartilagens e titânio de próteses e brita e granito e cacos de telha e aros de óculos e vidros de relógio e alianças de casado e os dedos das alianças e estilhaços de esperança que vibram naquela esteira fina que pode ajudar, vejam só, a achar partes de pessoas desaparecidas. A cena mostra a esteira, inclusive trabalhando, dia a dia, e alguns homens a operam como se operassem guindastes ou betoneiras de obras da construção dos prédios da Zona Sul, esses que conseguem autorização para formar um novo bairro onde antes era área de proteção ambiental. Ah, agora, sim, vão conseguir. Vão montar minha irmã, talvez até encaixem nela de volta o feto, meu sobrinho, além da mãe, já velha, de ossos tortos, mas ainda funcionais, e o cachorro Lobo, nosso mascote vira-lata de estimação. Agora, sim, estamos cheios de esperança de que a sirene pare de tocar e seja substituída pela máquina que separa os ossos do rejeito.

Dois olhos negros –
Um diário em vinte notas

I

Ô, se eu te dissesse que meu maior desejo era ter um compromisso, você não acreditaria, porque é difícil crer numa coisa assim, vinda de mim, que sei lá o que lhe pareço. A vida dá na cara e o sorriso é amarelo. Este desencanto é especial para você. Tem aqui qualquer arremedo de apreço. Não sei se é o caminho certo este em que vou seguindo, mas outro não cobiço. Também, assim, outro não mereço. Confesso qualquer terço de um sentimento muito no começo, como se este texto fosse assim um repente, um desses poemas feitos por cantadores de rua, uma espécie de plágio. Eu me lanço, sem compromisso, vou rodopiando pelos momentos assim como uma borboleta fora da órbita. Dentro do meu campo de visão só há ar rarefeito e dois olhos pretos. Este ritmo sobressaltado da minha fala é o mesmo do meu dia a dia.

II

Matador. É assim que vão me chancelando por onde passo. Não sei se o que causa isso é uma espécie de arrebatamento. E pedem que eu explique o que é que eu sinto quando aperto o gatilho. Nada. Nem dó nem nada. Uma avareza estranha. Dois olhos pretos que arremedam carvão em brasa. São quentes de tanta vontade. O diz que diz das cidades, burburinho por onde eu passo, olha lá, atrás da greta, vem vindo ali o dublê da ira. Mas eu gosto dessa fama da própria maldade. No fundo, não sou assim nem nada. Apenas um sujeito arisco com as coisas da vizinhança. Desde criança um alinhavo entre a obediência e a precisão.

III

A moça com jeito de astuta queria vir comigo, da última vez que andei pela cidade. Disse a ela que não era seguro, isto não é vida que sê dê a alguém, nem mesmo àquela. Vai que me dá um soluço de vontade de matá-la, assim como deu no dia em que a beijei. Um nó, parecia um nó infinito, que desceu pela minha goela e atingiu o estômago áspero. Risco o chão com uns pedaços de cano duplo e sai centelha com jeito de claridão. Nem quando o céu tem raio fico tão espalhafatoso. Era melhor fugir, entrar pelo mato, me embrenhar pelo sertão, no rumo da direção da palhoça que me deixaram de herança.

IV

Quando resolvi sair, meu avô me alertou sobre a mitologia do filho ingrato. Não ouvi. Era um arroubo de impaciência, depois que descobri as raridades de que a vida é feita. Tinha de ir para a rua, de qualquer forma e jeito que fosse, para experimentar um chão. E agora essa menina quer vir comigo, quase pousada na mochila esfarrapada. Lá dentro, só munição. Já disse que não valho o chão estorricado do pasto sem pastagem. Não adianta. Nos olhos dela aparecem profundezas e espumas quando eu falo isso de sobrancelhas em riste. Sem a menor noção do tanto de tudo que eu tenho para dar.

V

Trisquei dali. Alzira que me perdoe. Segui. A alma dela afundou, eu sei, uns centímetros a cada gole, lembrando da minha dureza. Baticum não me atrasa. Sai que eu tô passando, moça, e quando eu peço desculpa, é muita concessão. Exceção excessiva. Excesso exceto. Amor, para mim, é só se eu me distrair. Desespero não me pega. Pago um preço alto para ter asa. Assobio em francês, inglês e alemão, para não dizer as línguas que aprendi nessas emboscadas. Não tem canção de amor que me pare. Mera distração, não é obediência, não. Coração é uma tripa que não me comanda. Tenho medo de solidão menos que de gente. Corro e caio com mais gratidão. O medo é uma armadilha que pegou apego a outrem, conforme vi. *Nadie*, nem Alzira, a da Rua do Hospício.

VI

Na descrição dela, uma seta vista de baixo. Se ela cair na água, não boia porque é densa, mais do que isso, é tensa. Mas finge que voa, é magra como uma pluma inteira. Só de existir, parece que reclama. Só de respirar, sai-lhe das ventas qualquer perfume do norte. Nunca fui lá, então só sei que é o que me parece que deve ser. Linha pura. Mas neste meu peito nada dura, tudo se esfacela e estilhaça, mesmo sendo toda ela bela, mesmo quando ela me chama, vai dizendo que a vida pede bis para todas as coisas que não fiz. E eu não refaço. Os desfazimentos da vida é que me interessam. Se um dia eu morrer (é porque eu mesmo duvido), quero olhar em volta e só ver quem me interessa, se é que isso há.

VII

O rosário quebrou quando fui tentar rezar uma salverainha. Nem me lembro se sei as frases corretas, que reza não é de muita serventia por aqui. Dizia meu avô que conhecia uma benzedeira de pernas grossas, mas que ter amor com ela era como passear num inferno bom. Dizia ele que quebrar rosário dá azar para o resto da vida, e da dos herdeiros, que já nascem com essa contra-herança. Pior coisa que pode ter aqui: sede, obá, sede e fome, que o frio tem ajeito. Mover a santa é apuro. Deixe a relíquia lá, descascada das tintas que deveras tinha, de tanto o povo passar a mão pedindo arrego. Dizia meu avô que a santa chorava sangue. Nem sempre que acreditava nas contações dele, obá. Misturava santo com Oxum, sabe lá se essa mistura rende e pode. Raiava o dia pedindo clemência. Comé que faz para sair desta ilha de desassossegos? Assombro? Pede a Deus, ensinava meu avô. Aqui é a meio caminho entre o mar e a cidade traçada. O jeito é saber para que lado se quer ir. Só atravessar vinte e tantas pinguelas e chegar na estrada de asfalto. Ele sabia o caminho. Ele só não ia.

VIII

O violão aparece mais alto do que o resto. Ao meu redor, apenas som de planos em três dimensões. Quem entrega palavras é mais do que abdicado. Só quem as tem sabe o que são e o quanto de sua riqueza é inseparável de si. Se ela me der apenas a intenção que tem ali, caio logo num cio de samba que nem saberei dançar. Diz o outro que a gente aprende é no batuque. Esquindô, esquindô, esquindô, meu amô, meu amô. Até a Lua apareceu nesta noite de varanda urbana. A gente dança é conforme a música, quando o batuque vem do lado de lá. Se ela me batucasse, eu faria uns sambas sem enredo porque ela só samba instrumental. É esse amor que parece um samba experimental. Misturo a guitarra com meu pandeiro de couro de animal raro e vou ficando escasso como um pico de cordilheira.

IX

Aí vem ela e come pela beira. Finge que não vinha, mas aparece como se fosse bem-vinda ainda. Vou confessar que nesta praia não há etiqueta. Encalha peixe e prancha, uma coisa mancha a outra quando se tocam sem querer. Nesta minha espera aguada, fico sentado, me despreparando para os sustos que virão. Ela vem toda-toda, como se tivesse aquelas asas da mínima borboleta meio azul que via sobrevoando o óleo. Hoje cedo ela ainda pousava na parede, esperançosa. Vinha toda menos amarga, cheia de vícios de quem aprendeu a ser só olhada. Mal sabe ela dos meus instintos antissociais. E, se soubesse, renderia sacrifícios só para ver minha pupila se apagar, opaca diante de tanta beleza. Dois imensos olhos cheios de pretume. Negros, dizia meu avô, palavra muito mais bonita. Quando eu não gostava de praia, era bem mais suave esse terremoto cheio de esgares que me povoa.

X

Mas matador não oscila. Nem que a moça de pernas esguias surja num sonho, matador não saboreia. É um malho na menina e pronto, que a vida espera nalguma pinguela, a vida de outro, claro, que precisa ser logo extinta. A paga às vezes nem é tanta. O que conta é beliscar a carne com pólvora e ver o suspiro derradeiro do cabra. Arriar junto com ele para fingir uma última solidariedade. Com meu canivete, risco mais um cílio na empunhadeira do revólver. João Mata Sete do interior. Cano longo é bom para escarafunchar o céu da boca alheia, único céu que matador consegue alcançar. Sem estrela.

XI

Mulher não me aperreia. Se me deixo descansar entre os peitos dela, é só por um descuido vigiado. Me encimo ali nos picos dela, atesto que é mulher mesmo e saio sem despedimentos. Alzira é que tem qualquer encanto que me quase desnorteia, um perfume de areia, cochilo quase entregue, não fossem as lembranças das minhas encomendas. Se tem uma coisa que me chateia é descompromisso. Se eu disse que vou, eu não fico. Alzira não me arreia.

XII

Batucando o esquindô. Meu avô era mineiro, bem do meio das montanhas. Vinha dizendo, naquele sotaque de cantiga e medo, que Minas havia de ter mar. Há tempos que, desde pequeno, tenho miragens com mulheres com pernas de agulha e com palafitas de dois andares. E ossadas, pântanos, sambas aquáticos e castelos no meio da serra azul. Espero, desde criança, pela chegada das ondas ali por detrás do morro e das árvores mais altas. A água vem rarefeita e depois se avolumará como uma cabeleira clara. E eu estarei plantado aqui. Eu e minha sambista de araque, minha esposa citadina cheia de manias montanhesas. Na serra de lá, diz meu avô que o mar vai chegar. Parei todos os dias da minha vida diante do céu baixo e atestei que o velho mentia bonito. O rio ao longe não tinha fim, mas era certeiro em apenas ir. Não sei quando é que o mar vai voltar por aquele sulco. Meu castelo esgarça, enquanto eu me vejo sambista batucando aquela mulher que finge saber nadar. Vou plantar minhas esperanças aqui. Se vingarem, vejo no que dá. Se não derem frutos, aprecio. Se derem, esparramo suco pelo vale. Vou indo pela serra, ver se aparece um tocador de sanfona para me dizer para que lado ficam as areias finas da beira-mar.

XIII

Arranham meus ouvidos uns sons de raiva arrefecida. Pegasse o sentido antes e teria me nublado inteiro. O tempo demora muito mais para quem espera. Quem vai está sempre sobrevoando as incertezas com sofreguidão. O que me parecia pequeno naquele dia virou o além, dono fiquei de um infinito terrivelmente amplo. Ela me disse que caminharia em direção ao nascer do sol. Daqui do castelo só diviso a vida passar como uma lesma, deixando uma gosma pela trilha esmaecida. Escrevesse na areia esta parca história e teria me tornado um contador de lorotas encantadoras. É isso, afinal. Desta terra tiro um peso vermelho que me deixa animado com a espera. O tempo grande como a vista para o mar. Varanda de cidade não dá mais do que o zênite que não se pode pegar. Não há na frente mais do que muro. Diz meu avô que aqui vai virar terra de marinheiro. No cais haverá tráfego intenso e as prostitutas virão apostar sementes de guaraná com os homens. Alzira bebendo vodca de frente do pilar. Lá, ela me estonteia e eu hei de me aposentar desta vida de morteiro. Na ginga dela, eu me deitaria todos os dias de banho tomado. Até os pelos do cimo da orelha seriam transformados em folhas de louro. Cheiros de laranja sairiam das minhas calças emprestadas. Sentar na areia e ouvir sons em conchas, todo o ridículo que eu queria desde criança, quando meu avô me disse que esperasse a varanda beijar o mar. É fogo, com todas as preocupações que um homem tem ao nascer, ainda preciso festejar este combate dentro do peito sólido. Contava meu avô que um homem com trombeta passou por aqui um dia a dizer dos afogados brancos e pretos que jamais foram encontrados. O infinito da espera de alguém ainda povoa esta terra. A sambista com jeito de garça esteve aqui para me desbastar, desiludir de morar neste fim de mundo tão pomposo. Já estou preparado para chorar salgado.

XIV

Daqui de onde estou, inclusive neste tempo, só vejo miragem num diante que quase sobra. Paisagem é elemento deste cenário quase apagado. Construí ruínas por todo lado. É assim quando a gente começa pelo fim das coisas. O vento, no entanto, sopra nesta direção, a favor dos esperançosos. Quando quero me desapressar, atraso os relógios da casa e ponho fora meu relógio de pulso. Assim não me perco mais em correrias sem fundamento. Dizia meu avô que o universo fazia uma curva. Antes de morrer, ali na varanda, olhando a montanha azul, ele disse que via o lado de lá com mais clareza naquele segundo. Esquindô, menino, olha lá, olha lá, também, veja só, a curva passa atrás da casa, se lhe interessa saber, faz a curva e tudo, tudo, tudo tem que voltar. Eu ouvia um violino dar umas notas tristes. Enquanto isso, meu avô fazia a curva com o vento, fora do tempo, na ciranda de meninas com pernas de pinça. Ele queria ter visto o mar, mas cismou de só esperar. Não ia lá, com medo de se afogar na água ou de não saber andar na areia e, quem sabe, se afogar nela também; ela, movediça; ele, não. E me prendeu aqui com ele, diante deste horizonte distante. Cirandeio em torno de uma esperança.

XV

Um dia meu avô me trouxe um marisco que não sei de onde tirou. Disse que fora bordado no pé da montanha, logo ali, no quintal sem cerca. Ele me ensinou a ouvir o mar dentro de uma concha que achou na terra vermelha, dizia que essa era a prova de que o mar mandou recado, um dia.

Eu volto, menina, eu volto para te pegar. Eu cirandeio, eu cirandeio. Nem as voltas em torno da casa ele deu. E me deixou com esta herança: uma palhoça, um esgar e o sonho esfumaçado de um dia qualquer voltar de barco para as franjas do continente. Os refrões das cantigas do meu avô diziam todos de uma espera. Minha avó enterrada debaixo daquelas mudas de árvores baixas. E nem assim. Um cordão de palmeira segurava o marisco-pingente. Brinquei de roda com meu avô e disse a uma menina passante que faria o mundo em breve. Dancei com a sorte um dia e não sabia. Neste mar de montanhas não cai estrela, não venta quente e não assobia vento praieiro. Aqui neste meio de mundo só acontece o que é firmeza.

XVI

Nem Lampião saberia o que fazer com ela. Se eu corri para cá foi para me esconder dos quereres que ela me surtia. Uns assaltos improvisados que não vingaram. Ela me prometia uns filhos para nosso sustento. Matador não devia ter filho. Parece uma desavença, se uns se apagam e outros têm a bênção. Como é que pode arrancar os suspiros dos outros e dar vida a uns pobres diabos com sobrenome amaldiçoado? Matador esquece o próprio nome, que é para não perder o juízo e não se achar no mundo, nem por intermédio de documento. Ganho o apelido que o desinfeliz me der naquele último momento: maldito, filhadaputa, agourento. Mas em mim nem apelido pega. É profissão de ter muita pontaria e de saber conhecer a espera.

XVII

Se Alzira me prometesse uns meninos pretinhos como ela, eu até me mudaria para o litoral. Ou trazia aquela bisca para procurar concha comigo no pé da serra. Para costurar minhas calças sem fundilhos, de tanto agachar sorrateiro no mato, ou para me enfezar com costumes de mulher. Mas pelos meus sentidos ela não se esgueira. Não desse jeito forte, que mais parece grilagem. Alzira que me espere um dia, naquele mesmo puteiro. Ela que espere minha sina desanuviar para que eu possa passear pela cidade de novo. Sem ela eu fico menos morto, mais matador e mais sombrio.

XVIII

Mulher conforma a gente a uns risos meio soltos. Não bebo álcool. Não fumo com filtro. Não me atrapalho nas contas, que isso é fundamental a um profissional. Não leio notícias, mas sei quando é um cartaz de polícia. Não caço briga e não cedo a provocação. Eu só copio o serviço que me dão, positivo. E prezo muito a confiança depositada, com metade adiantada em notas de cem. Não pelejo muito. Procuro o jeito certo de emboscar o malfadado. Não desovo, só dou cabo. O cliente que faça o transporte. Frete nem é problema meu. Por minha conta, é só a morte. Só tenho de regra e pormenor que não atiro nem em padre, nem em mulher, nem em criança, que isso traz amolação. Mulher traz risco de vingança e criança traz assombração. Matar mulher é sempre incerto. Nunca se sabe se é só ela ou se vai junto o feto. E quem vai pagar a diferença?

XIX

Meu avô morreu ligeiro. Disse que estava quase dormindo. Apagou feito uma vela. Abri da porta a tramela e fiz a oração: meu Sinhô, me dá orientação.

XX

Hoje, daqui a cem anos vai ter uma beira-mar. Se minh'alma não vai mais estar, ajude a de meu avô a se afogar. Que morte morrida ou morte matada não eram sua azucrinação. O velho queria mesmo era a fluidez da viração. De mim não precisa cuidar, que eu morro pela minha mão. É só inverter o cano, Sinhô, e eu mesmo dou aplicação. Alzira que invoque com outro e deixe a centelha apagar. Não leio placa de estrada, mas de lápide eu sei cuidar: descansa agora, por sua conta e aos poucos, o capanga do fogo morto. Maior vexame de um cabra da minha espécie, se isso não lhe parece, é deixar para outro a tarefa que melhor a gente exerce.

Marias Loucas

Maria Rosa não podia ver sequer fotos em preto e branco de nenhuma das suas cinco tias antepassadas. O pai dizia que o avô contava que eram todas loucas; que falavam alto e andavam de preto. Depois que cresceu, Rosa descobriu que o avô as obrigava a andar de preto e de coque no cabelo. E que elas não falavam alto; elas apenas falavam.

As cinco tias loucas se chamavam Maria. As cinco Marias. Variavam os segundos nomes, porque Maria era uma espécie de herança. Elas deviam ser bonitas, porque, nas imagens escondidas – e descobertas –, tinham cabelos pretos e ombros altos. Os olhos é que estavam sempre baixos, e Rosinha não podia divisar as bocas sorrindo. Soube, recentemente, que o avô dizia que mulher não pode sorrir, principalmente se se chamar Maria.

Disseram a Maria Rosa que o avô dizia que mulher que não se casasse até os vinte anos estaria condenada. Também dizia que mulher que não pode ter filhos é inútil, não serve para nada. Ele mandou uma das cinco Marias para um convento. Mas não queria que ela fosse freira, queria que ela morresse logo.

Outra das Marias foi surpreendida dando um beijo em um rapaz no alpendre do sobrado da família. O avô disse que queria matá-la e a mandou embora de casa. Rosinha soube um dia, faz um tempo, que a tia morrera de complicações de sífilis, numa casa de tolerância, no interior de Minas Gerais. Era o que cochichavam os adultos, entre aliviados e envergonhados. O avô, depois disso, dizia que só tinha quatro filhas, todas Maria: três em casa e uma no convento, mortinha de pouco, aos vinte e três anos, uma alegria. Isso parecia bonito, porque dizia o pai de Rosa que o avô mostrava os dentes quando dizia essas coisas.

As três tias Marias foram internadas em um manicômio em Barbacena. O avô disse, na época, que eram todas loucas de pedra. Disse, por décadas, que teve a infelicidade de ter quatro filhas (uma delas havia sido expulsa e esquecida) e que apenas uma se salvara nos braços de Deus. As outras três eram insanas, gritavam e gostavam de dançar. Ouviam uma música estranha e davam chance ao demônio. Quando o avô usou sua influência política e conseguiu três vagas em Barbacena, houve uma festa regada a vinho caro em casa. A alegria da família era conseguir vagas lá. E as três Marias estavam quietas, com os olhos baixos. Sabiam que fariam uma viagem sem volta para Barbacena. O avô dizia que as três eram doentes das ideias.

As três tias loucas passaram a vida toda internadas em Barbacena, cidade do manicômio e das plantações de rosas. Elas faziam muitas coisas trancafiadas lá, e o avô contava vantagens do lado de fora. As tias tomavam remédios que as deixavam bobinhas. O avô dizia que era melhor filha boba do que filha doida; melhor filha doida do que filha rameira.

Um dia, depois de a vida andada, as três Marias voltaram para casa. Foi quando o avô morreu. Mas elas não souberam o que fazer do lado de fora do manicômio e, quase em seguida, morreram também. Há famílias que não sabem se despedir.

O pai de Maria Rosa, descendente desse avô, não era bravo. Só ficava zangado com a filha quando ela rabiscava as paredes e desenhava mulheres de véu. Ele não batia nela, mas ameaçava chamar as tias, as Marias Loucas, que de doidas forçadas passaram, depois de mortas, a ser usadas como lendas, fantasmas, meio demônias, amedrontadoras de crianças e adolescentes, vergonha e castigo da família, assombrando mulheres a vida inteira.

A avó de Rosinha, velha e sobrevivente, era Ana. Não falava nada, não intercedia pelas filhas, não desmentia histórias, não chorava à toa, não reclamava e dormia cedo. Dona Ana era saudável, tinha muitos filhos (as cinco Marias – ela sempre considerou as cinco – e quatro homens) e sabia cozinhar. Lia a *Bíblia* de vez em quando e escrevia pouco mais do que bilhetes: "A roupa está lavada" e "A comida está pronta". A avó não era doida nem inútil; viveu até os noventa e oito anos, mesmo depois que o marido morreu, e sempre foi silenciosa. O pai de Rosinha dizia que não era isso: a avó era tímida.

Os tios de Maria Rosa eram médicos e advogados, moravam em belas casas de dois andares, tinham bons carros e progrediram muito. Eles bebiam cerveja, falavam alto e jogavam cartas. Todos eram casados, e um deles pagava um caro tratamento para a mulher engravidar. Os tios ouviam música, iam a festas e participavam de sociedades de leitura nas escolas que frequentaram. Eles nunca foram chamados de doidos e visitavam as irmãs Marias porque o pai os obrigava. Mas quem precisava de irmãs?

Depois que o avô morreu, a avó de Maria Rosa pareceu aliviada. A velha tentou despistar, mas era difícil. O pai de Rosinha não gostou quando a filha pôs reparo nisso. Disse que era para fingir que não notou nada no comportamento da vovó. Mas a neta sabia que a avó segredava ao filho que o avô é que devia ter ido para Barbacena, aquele maldito.

O pai de Rosinha disse, quase a sussurrar, que as tias Marias não eram loucas. Eram apenas filhas daquele homem. E que, naquela época, toda moça podia ser chamada de louca e passar uma temporada longa em Barbacena.

O manicômio famoso fora desativado, mas Rosa não queria ir a Barbacena porque gostava de falar alto, de ler e de escrever sobre a família, escrever bem mais do que bilhetes. Quando era bem pequena, o pai lhe dizia que as tias haviam ido para Barbacena colher rosas. Era tudo mentira.

Barbacena é a cidade das rosas. Foi lá que as tias Marias moraram. Rosinha às vezes sonhava que visitava o lugar onde elas passaram a vida e encontrava uma estufa cheia de enormes rosas amarelas e vermelhas. Sonhava que voltava à cidade e ia visitá-las no cemitério. As três tias Marias estavam enterradas em cima do avô, os pés delas na cabeça dele. Maria Rosa ficava imaginando e pedindo, chutem,

chutem. Vai que a cabeça se solta e rola cemitério afora? Desprende-se daquele corpo rude, daquela mente insana.

Essa herança de loucura dependia de uma luz que incidia sobre os homens da família. Podiam nascer na ignorância; ou serem ignorantes mais brandos, como o pai de Rosinha, e ter filhas como ela, que se chamava Rosa e não tinha nascido em Barbacena.

Pedra e ódio

Atirei. A pedra não era pequena, estava lascada, tinha arestas e pegou no ombro direito dele. Não era isso. Era para pegar no rosto, na fuça, dar um talho na bochecha, talvez, abrir um rasgo difícil de consertar. Só com especialista caro para resolver. Impossível. Mas aí outra pessoa se encorajou e atirou outra. Pegou de raspão na cabeça. Mirávamos na cara. Outra. Essa pegou no peito, ele quase defendeu, feito um goleiro. Mas era pedra pesada, não dava para se safar. Ou machucava o peito ou a mão, só amortecia mesmo. Rasgava em algum lugar. Outra, outra, outra. Em alguns minutos o canalha já estava desfigurado. O problema era que se mexia demais, conseguia pôr os braços na frente, deve doer menos do que quando pega no rosto ou numa parte do torso. Conseguia se esquivar mais ou menos, embora estivesse encurralado entre um muro e uma horda de gente raivosa. Lembrei logo daquelas mulheres apedrejadas, afegãs e outras, que são enterradas até a cintura para que não se mexam. Morrem sob montes de ódio e pedra. Numa boa. As pessoas depois dão as costas e voltam para fazer o almoço, a costura, a criação exemplar dos filhos. Ele não estava enterrado, mexia-se, tentava sobreviver ao batalhão vingativo e, com os braços e as mãos, às vezes os pés, evitava choques maiores entre as pedras, dezenas delas, e partes de seu rosto. Não adiantava e não adiantaria.

A ideia era matá-lo, mas lentamente, com dor, com desespero. Sem concessões.

Já passava do meio-dia. Não seria possível participar daquilo por muito tempo, mas era importante ter parte no evento. Não fazer nada era quase como aquiescer. Foi pego em flagrante, então é impossível pedir calma à pequena multidão de furiosos e furiosas. Comecei, tive a honra de atirar a primeira pedra. A partir daí era esperar a colaboração de todos e todas, em especial a das mulheres, que sentiam na pele, de maneira mais direta, a cena vista no beco. Não podia passar sem reação. Se um homem tivesse dado o flagra, talvez tudo não passasse de mais um escorregão, ah, camarada, arranjando encrenca. Mas foi a mãe que viu primeiro e gritou, esgoelou, usou toda a força de seus pulmões, acordou a rua, a vila, o bairro, chamou por socorro, mas não só. A mãe pulou nas costas dele, arrancou-o de cima da menina, já meio desfalecida, e tentou enforcá-lo com uma força descomunal. Mas ele é homem, é forte, é safo, não é velho, pôde jogar a mulher no chão, ameaçá-la e tentar correr, com as calças meio arriadas ainda, sem camisa, suado feito um porco. Foi a mãe que atrapalhou e danou a gritar, um grito rouco, pavoroso, que alertou para outras e mais outras e ainda outras, as que passavam na rua por acaso, as que chegaram nas janelas, as que varriam os alpendres, as que desciam escadinhas que davam na rua, as que desciam do ônibus na esquina, as que lavavam as calçadas àquela hora, eram muitas, dezenas, todas ouviram e correram a ver o que era, a entender como acudir aquela mulher aos berros, e viam que não era só isso, era acudir a menina desmaiada, com sangue pelas coxas, enquanto o homem andava trôpego como se fosse escapar da cena.

Não escapou. Às dezenas delas juntaram-se meia dúzia de irmãos, dois ou três pais zelosos, o dono do bar, o atendente do mercadinho, o jornaleiro e o ancião da rua. Diante do ânimo feroz daquelas mulheres, eles resolveram tomar o sentido delas, não o dele, embora se pudesse duvidar. O que se passa?

Na corrida atarantada, ele caiu. Foi sua desgraça. Machucou-se, demorou a se levantar e foi sendo então guiado pelo grupo enfurecido, que o olhava como numa selva. Andou de lado, de costas e esbarrou no muro chapiscado de algum lote baldio. Ficou. Não conseguiu que seu olhar de clemência fosse visto por ninguém. Se é que teve. Não se virou de costas. Seria linchado pela frente, como um goleiro tentando não fraquejar. Não caía, não tremia, era um bicho quase a justificar seu crime. Era um covarde rente à morte. Desafiava cada pedra que o atingia nos braços, nas pernas, na cabeça. Teve o supercílio cortado logo nos primeiros segundos. E daí o sangue escorre como numa tragédia maior. Empapado de vermelho, já havia perdido as chances de escapar, mas não a coragem. Maldito feito um diabo.

Atirei a primeira pedra. Atirei outras tantas. Encorajei todas as demais a fazerem o mesmo, enquanto a menina continuava deitada no beco e a mãe tentava reanimá-la com beijos e umas lágrimas cheias de dúvidas, raiva e perdão. A luz escura dos olhos daquele animal foi se apagando aos poucos, à medida que a pele dele passava a vestir as lascas de pedregulhos e de pedaços de pau que as pessoas achavam pelo caminho. Alguém chamou a polícia, depois da demora necessária. A polícia viria pôr ordem nas coisas, embora também os policiais provavelmente fossem ficar aliviados de chegar já com a situação resolvida pelos populares. Chamariam reforços do rabecão, aquele carrão cata-cadáveres. Mas o homem ainda resistia, sobrevivente da reação geral, sem emitir um pelo-amor-de-Deus, sem pedir nem um favor sequer. Até que um dos maridos, pai de três meninas de ali pelos doze anos, arrancou um paralelepípedo da guia da rua e acabou com a algazarra. Pronto.

A polícia chegou, de fato, com dois gambés de farda bem passada, um branco e um preto, altos, fortes. Eles quiseram saber, sem muito interesse, o que tinha acontecido. Apontaram confusamente o morto todo esfacelado, a mãe e a menina no beco, contaram uma história truncada, enquanto eles anotavam palavras, traduziam em linguagem de BO e pegavam o rádio para pedir o rabecão. Fiquei sentada no meio-fio até embrulharem o corpo num plástico preto, colocarem numa espécie de gaveta e levarem embora. Passei o resto do dia pensando quem será que limpa aquelas gavetas asquerosas? Quem será que investiga o corpo daquele animal? Nem na tevê passou. Nem por ele, menos ainda pela menina atacada.

Duas línguas

"Um quilo e duzentos de alcatra, pode ser?"

Enquanto o açougueiro paramentado, asseado, higiênico e protocolar cortava a peça, limpava, preparava, olhava-a como que em dúvida sobre o corte correto, ela prestava atenção à imagem do boi desenhado em fundo preto, traços brancos dividindo cada parte como um mapa, bem organizado, acém, fraldinha, filé, contrafilé, língua. Enquanto dava trabalho a ele, pedindo o corte em tiras finas, ela observava mais a fundo a grande placa com um boi desenhado, esquematizado, assimetricamente recortado conforme a dureza da carne ou sua aspereza, raridade, valor. Língua. Confirmava, sob o olhar demandante dele:

"Em tiras. Isso."

Ao olhar para baixo, na vitrina de carnes penduradas em ganchos sujos, pingando gotas de um sangue espesso que se juntava no canto externo do balcão, sem, no entanto, atrair moscas, ela via as línguas, duas, lado a lado, paralelas, arrancadas desde a goela funda até a ponta. Há quem coma isso, pensava. E estale os beiços, vá saber. A textura de papilas enrijecidas, esbranquiçadas, aparentando uma dureza, ventosinhas, um músculo, afinal, dos mais promíscuos. Imaginava se as duas línguas paralelas se descobrissem na vitrina e decidissem se beijar, longamente, e horrorizassem as senhoras de cabelos anelados que vinham ao açougue no fim da tarde, ou os maridos calvos que sempre cumpriam ordens domésticas por ali. As línguas se abraçando, se beijando, violentamente, se enrolando desde as pontas, se lambendo, se enredando, longas, crispadas, exigindo uma saliva que lhes fora roubada, tomando um pouco do sangue escorrido pelo balcão, lambendo-se e hidratando-se amorosamente, aterrorizando as meninas de treze anos que vêm comprar verduras e enlatados ou os três açougueiros que se revezam nos cortes e no atendimento.

"Tiras mais finas, por favor."

Ele sempre queria tirar as dúvidas. Enquanto isso, ela aproveitava para olhar e aprender os cortes da carne do boi, as partes, os nomes, pensando em perguntar quais eram mais macias, mais caras, se a relação maciez/preço era proporcional, como isso foi acontecer. Lembrava-me de uma amiga uruguaia que defendia, com unhas e dentes, as carnes e os cortes de seu país, bovinos que só andam no plano e por isso têm as carnes macias, até flácidas, suculentas, sem obstáculos para quem vai comer, cortes que têm nomes específicos e que nos confundem um pouco.

Aqueles animais desenhados e precisamente mapeados. Quem foi que inventou? Por que é assim? E será possível fazer analogia com o corpo humano? O lombo, o coxão, a língua, o fígado, o que seria a bunda, o pescoço, os braços e seus sustentáculos, menos ou mais carnes, macias, gordurosas. Um amigo que trabalha no Samu dava sempre umas aulas, quando jantavam juntos, sobre pontos sensíveis e fatais nas pessoas, cortes, perfurações letais, rasgos, lugares mágicos por onde a vida se esvai em segundos. Dá tempo mesmo de se despedir e deixar recados aos familiares? Olha, geralmente, não. Não. Mal e mal, um ai.

Olhar o boi e comprar um quilo e duzentos gramas de alcatra valia como ensaio. Uma amiga fichada numa funerária namorava um assistente do Instituto Médico Legal e vivia dizendo coisas interessantes sobre as descrições necessárias, importantes, relevantes nos laudos lavrados ali, geralmente para mortes acidentais, já que só as mortes naturais escapavam da suspeita (e da investigação). Num lanche rápido que fizeram, ela dizia da relevância imensa de descrever a posição do corpo, provavelmente quando encontrado no estado em que estiver, afetado por algo externo que lhe tenha tirado a vida. Os corpos, dizia ela, têm estruturas superior ou cranial; inferior ou caudal. Mesmo sendo humanos? Sim, caudal. De outra perspectiva, têm estrutura anterior, ventral ou frontal, por oposição a posterior ou dorsal. Não era difícil. Espinha dorsal a gente aprende na quinta série ou antes. Mas também há estruturas mediais, laterais, proximais e distais. Nas proximais podemos fazer cortes desmembradores, esses que as assassinas aprendem nos cursos de auxiliar de enfermagem e usam para esconder seus companheiros esquartejados em malas ou sacos plásticos pretos, até que a vizinhança desconfie ou que a polícia encontre, entre crianças num jogo de bola de várzea. Por meio do YouTube também aprendem a fazer cortes que sangram pouco, conhecimento que usarão no dia em que, finalmente, tiverem a oportunidade de se vingar dos comentários opressores de seus companheiros e das traições com primas e vizinhas, as mesmas com as quais se encontram na padaria, no açougue, na calçada, e ainda cumprimentam com simpatia genuína. Com esse conhecimento precioso, tanto quanto preciso, vão desmembrar seus ex-amados e estudar como congelá-los em potes cúbicos que se encaixam como legos na geladeira nova *frost-free* que eles ajudaram a pagar em muitas prestações.

Frost-free não precisa degelar, ensinou a vizinha do prédio à direita, a quem a aprendiz de legista pedirá um favor:

"Minha geladeira encheu. Será que você guarda estes potes no seu congelador, por favor? Só por uns dias. E não vá comer, hein?"

"Mas nem um?"

"Tá, vai, só um."

"Que carne que é?"

"Lombo, esse é lombo."

"Ah, lombo é meio seco, mas é bom."

"É bom."

"É."

Olhando aqui essa placa com o mapa de um boi robusto e as línguas inertes penduradas desde a raiz, não dá para imaginar um homem dividido em áreas de valores e molezas diferentes, prestes a ser dividido em nacos que serão guardados em potes de grife, comprados a prestação. Nem dá para imaginar direito um ex-marido omisso feito em postas, em cortes verticais, que permitem ver por dentro partes roliças, como um braço, uma coxa, um tronco, um pescoço ou um pênis. Estruturas radiais, com fios menos e mais espessos que atravessam toda a extensão, mas que ali foram interrompidos e podem ser vistos como núcleos de fatias que vão se avermelhando até chegar às camadas da pele, também várias, de cores diversas, às vezes uma capa de gordura que, nos bois, também tem seu valor, em especial no processo de fritura.

Ele põe a carne partida em tiras num saco plástico transparente, traz até uma balança que fica bem diante dos olhos dela, acima do balcão onde jazem as línguas, os fígados ainda inteiros e um bucho preso num gancho, pesa. Precisamente:

"Um quilo cento e noventa e três gramas, pode ser, senhora?"

"Tá, tá bom, pouca diferença."

"É, nunca sai exatamente, mas se a senhora quiser eu corto mais um pouco e completo."

"Não, nada, tá bom. Já deu, obrigada."

Ele põe o saco plástico cheio de carne, mas meio sujo, dentro de outro, mais limpo, tira uma etiqueta autocolante da balança e cola na parte externa, virando a encomenda para que ela veja e confira. Apenas com os gestos e o olhar ele faz isso. É uma operação de paciência, confiança e semiprecisão. Cumprimentam-se com os olhares que correspondem a um obrigada e ele a um de nada, sem nem uma palavra sequer. Mas ela ainda não tem coragem de abandonar seu posto de observadora do mapa do boi de traço branco sobre fundo preto, cortado em partes exatas, que inclusive servem para fazer comidas diferentes.

"Mais alguma coisa, senhora? Tem promoção de fraldinha, viu?"

"Não, obrigada, só pensando aqui."

"À vontade, senhora. Às ordens."

Outro dia os traficantes se mataram em uma cidade do interior de São Paulo, e os mortos da facção inimiga foram esquartejados, de qualquer jeito, imagina, e espalhados em lixeiras residenciais. As cabeças foram lançadas em praças públicas. E foram, é claro, encontradas por crianças, velhos que reaprendiam a andar e babás que distraíam os herdeiros dos patrões. Uma cabeça. Encontrar uma cabeça sem um corpo é difícil de identificar e de acreditar.

São quantos minutos para se acreditar que se trata de uma cabeça? Sem sangue, sorrindo, os olhos parados? Um medo fundo nas pupilas? Os cabelos desarranjados, dentes quebrados? Arranhões e escoriações? Quanta resistência tem um pescoço? Um corpo, um membro? Quanto trabalho dá a quem o decepa? Com que instrumento ou ferramenta?

O açougueiro parecia não fazer esforço algum ao alisar aquela carne e ao limpá-la, tirando membranas, gorduras rijas, secas, nervos, passando o facão como se fosse em manteiga, como diria sua avó, que nunca agrediu ninguém. Mostrou, certa vez, uma faca em riste ao seu avô, mas era só ciúme, ciúme justificado. O açougueiro limava às vezes aquela faca grande e cortava tiras perfeitas, sem qualquer desgaste, e talvez fosse possível ouvi-lo assobiar um pagode enquanto limpava o rosto respingado de humores animais com a manga do avental branco. A amiga que tinha um namorado no IML dizia que eles usavam branco para ver o sangue, para vermos o sangue, para dar trabalho às mães e esposas e vender água sanitária.

O açougueiro bem podia ser útil ao tráfico, mas o que eles querem mesmo é sujeira. Ao contrário da vizinha da geladeira *frost-free*, discreta como só ela. Discrição justificada, sororidade entre donas de casa que guardam postas nem sabem bem de quê. E trocam piscadelas cúmplices quando encontram, vez ou outra, dedos de açougueiros distraídos entre os cubos de alcatra para o strogonoff.

Dois rasantes

Aves negras voavam meio em bando, meio em círculos, às vezes dando rasantes, enquanto brincávamos de pique-esconde nas ruas de terra, descalças, usando shorts e chinelos de segunda mão. De longe, pareciam pequenas, mas dava para notar que tinham grande envergadura, palavra que não dominávamos, absolutamente, naquela época. Pretas feito carvão, voavam sobre um lugar específico, obviamente conseguindo observar o que não víamos desde o chão. Tinham visão privilegiada. Provavelmente, aqueles pássaros nos viam, mas estavam mais interessados em outra coisa, enquanto jogávamos amarelinha desenhando o céu com cacos de tijolos de barro; ou enquanto chupávamos suco congelado em saquinhos estreitos que nos custavam centavos; ou enquanto falávamos uma língua infantil e precária, depois de almoçar carne moída em pequenas porções.

"Mãe, o que são aqueles pássaros?"

"São urubus."

"Urubus?"

"Sim, urubus."

"E por que eles voam só ali, em círculos?"

"Porque eles são atraídos pelo curtume."

"Curtume?"

"Sim, curtume?"

"O que é curtume?"

"É um lugar que trata peles de animais."

"Curtume..."

Aquela palavra sombria fazia lembrar a cena impressionante dos urubus de asas abertas sobrevoando uma região de ruas vermelhas, onde crianças brincavam de amarelinha antes e depois dos horários de escola. O curtume ocupava uma área relativamente grande de uma avenida ainda de terra, diante de um córrego a céu aberto, cujas águas subiam conforme o regime de chuvas, às vezes causando inundações malcheirosas e tóxicas. Os urubus, no entanto, dançavam suas coreografias sobre o curtume, responsável pelo cheiro de morte, podridão e química que tomava quase todo o bairro, dia e noite. As explicações parcas das mães não eram suficientes para explicar o voo em círculos, o cheiro ruim que impregnava nossas vidas, a precariedade da avenida e das ruas, a sobrevivência daqueles enormes animais antipáticos, indesejados pelas pessoas mais velhas.

Segundo a vizinhança, urubus traziam mau agouro, gostavam de morte e carniça, e isso era o que o curtume mais tinha: carne podre, pele arrancada, bichos mortos, nacos, sangue. Não sabíamos de que processos se tratava: salga, remolho, depilação, passando ainda pela calagem e por curtição e uso de ácidos. O cheiro que isso produzia atravessava as portas das casas e as janelas dos quartos, mesmo as que tinham vidros inteiros, impregnando as roupas dos bebês nos varais e as melhores camisas dos pais que trabalhavam de carteira assinada e tudo. Os outros podiam ser encontrados nos bares desde as nove da manhã, tão bêbados que mal sentiam qualquer cheiro ou remorso.

Todos os dias, as mães saíam de mãos dadas com as crianças para a escola ou creche, quase nunca próximas, e, enquanto andavam, observavam o voo circular dos pássaros sobre o curtume, sabendo que eram bichos atraídos então pelo lugar, enquanto as crianças dividiam sua atenção entre o medo dos rasantes e a imaginação terrível das bicadas enganadas daqueles monstros negros em seus olhos, confundidos com animais mortos. As crianças tinham menos informação, menos conhecimento, mais delírios e mais medos; enquanto as mães sabiam a relação de causa e efeito que ligava aqueles enormes pássaros agourentos aos processos de tratamento de peles animais, os cheiros do bairro, das roupas, dos cabelos das pessoas e de seus futuros.

Ao lado do curtume havia casas, lotes vagos cheios de lixo, uns poucos sobrados melhores, o córrego a céu aberto, onde também se lançava o lixo, indiscriminadamente, além de algumas poucas calçadas diante de casinhas menos precárias, eventualmente um carro estacionado. No curtume certamente trabalhavam pessoas, mas ninguém as via direito. Estavam todos ocupados em observar, às vezes admirar, o voo preciso dos urubus, à espreita dos restos de carne que sobrassem dos processos anteriores à curtição do couro. Bolsas, sapatos, carteiras, muitas coisas que não possuíamos nem poderíamos possuir tinham matéria-prima saída dali, do curtume que recebia caminhões malcheirosos vindos de outras regiões e ali despejavam cadáveres de animais, às vezes ossadas. Que belas aquelas costelas montadinhas, feito dinossauros de livros escolares; mas nos livros elas não tinham odor algum nem pareciam relacionadas à vida na vizinhança.

Durante muitos anos, o voo circular e geográfico dos urubus elevou nossos olhares para os céus, enquanto nossos pés pisavam o inferno das amarelinhas desenhadas em ruas de cascalho. Nos perguntávamos, às vezes, se o cheiro do curtume um dia sairia de nossos cabelos e de nossas blusinhas de segunda mão, estendidas nos quaradores compartilhados, em dias de sol.

E no viver diariamente nesse lugar, indo com as mães, um dia uma, outro dia outra, para a creche ou a escola, sempre tentando olhar para o alto, passando pelos becos estreitos, pisando nas poças de água suja e, eventualmente, cedendo espaço a um carro ("Sai da frente, menina!"), foi que encontramos o homem nu. Olhamos para baixo e lá estava o homem morto, o homem que se confundia com o cheiro azedo e penetrante do curtume, o homem que ninguém reclamou, o homem desfigurado que os urubus acharam antes de nós.

Sombra e água

Finalmente, a jabuticabeira começa um estirão, deixa aquele estágio arbustivo e fica maior do que a dona da casa. Passa do metro e setenta, uns galhos centrais mais eretos e dirigidos ao céu, enquanto outros, mais periféricos, pendem um pouco para todos os lados, formando uma possível copa, embora ainda baixa demais para caber uma pessoa adulta sob sua folhagem verde-escuro.

A muda da jabuticabeira não foi adquirida por conta de sua fruta. Todos ao redor advertiam sobre a demora da florada e das jabuticabas, que precisam de água abundante, e aqui... neste terreno seco, pobre, nada haveria de frutificar. A muda foi comprada primeiro porque a dona da casa queria, no futuro, uma sombra. A sombra na varanda era uma espécie de sonho inalcançável, e disseram que, com uma jabuticabeira, neste solo infértil, seria como esperar pela aposentadoria. Demoraria a vida inteira e talvez nem chegasse a tempo de existirem, nesta casa, uma mulher e uma rede, na qual ela se sentaria ou se deitaria para ler um livro ou uma revista ou com um gato cego para acarinhar.

Mas não parece que é o que vai acontecer. Pelo visto, a sombra chegará bem antes da aposentadoria dessa mulher que trabalha diariamente, por três turnos, interrompidos apenas por um pedaço de novela das seis e um café para acordar.

A jabuticabeira cresceu mais depois das chuvas abundantes, o que ajudou a confirmar as ambiguidades e os contrassensos do mundo. Enquanto aqui a água alimentou a terra e as raízes de uma sombra frutífera futura, nos bairros ao redor ela levou encostas, fez transbordar o rio, afogou casas e animais de estimação e pessoas, incluindo velhos e crianças em pleno sono. No quintal em que está, a jabuticabeira deu resposta positiva à água que caiu do céu, crescendo mais do que o esperado pela vizinhança inteira, enchendo de alegria a dona da casa, essa mulher que cuida sozinha do filho e que pretende, um dia, habitar mais a própria casa.

Também para desafiar os palpites da vizinhança e dos familiares de pouca fé, a jabuticabeira, ainda bem pequena, começou a dar jabuticabas, mesmo antes de ter um metro e meio, e eram frutas que amadureciam, cresciam, ficavam suculentas e podiam ser consumidas, se alguém as colhesse daquele caule onde nascem grudadas como insetos, depois da floração branca. Por isso, vamos dar preferência a um dos nomes científicos da jabuticabeira, desprezando a polêmica científica sobre a classificação mais específica e acertada dessa planta. Aqui, vamos adotar a *Plinia cauliflora*, assim classificada no século 20, depois de debates científicos entre médicos e botânicos, posterior a outras duas classificações de nomes tão impressionantes quanto esse, mas menos poéticos.

A jabuticabeira é nativa da América do Sul. Von Martius era alemão e esteve no Brasil catalogando espécies botânicas. O cientista fez parte da comitiva que chegou ao Rio de Janeiro trazendo a arquiduquesa Leopoldina para se casar com D. Pedro I, imperador do país; e nisso tudo todos foram bem-sucedidos. Enquanto alguns se casavam, mesmo a contragosto, Von Martius saiu em missão pelo Brasil a fim de formar coleções de plantas, animais e minerais, em viagens arriscadas e inseguras. Era o que todos diziam a ele, que deu de ombros e encontrou, Minas Gerais adentro, a jabuticabeira, ainda sem nome de espécie, mas já prolífica, boa em dar frutos e uma sombra razoavelmente larga, em especial quanto mais velha estava.

Cortando para os anos vinte do século 21, a dona desta casa agora não terá a sorte de encontrar um Von Martius interessado em sua jabuticabeira ou em nominá-la em latim; não terá o alento de viver muito e ter um quintal com uma árvore frondosa que dê sombra, especialmente contra o terrível sol da tarde de um mundo fadado ao apocalipse climático; não se aposentará a tempo de caminhar sozinha e sem andador da porta da cozinha ao pé da árvore, a fim de catar nela uma jabuticaba e chupá-la lascivamente, ainda sem uma dentadura paga pelo SUS.

Contra todos os palpites da vizinhança e dos poucos familiares com quem ainda conversa pelas redes sociais, a mulher cultiva a jabuticabeira com forte esperança de que seja possível cochilar sob sua sombra um dia; então, não raro, enquanto faz o almoço, a dona da casa dá olhadelas carinhosas para a árvore, já com mais de um metro e setenta de altura e galhos para todos os lados, além do tronco que a eleva e sustenta, e vê florezinhas, depois jabuticabas que, como ninguém colhe, são comidas pelos passarinhos e até por insetos, que descobriram este quintal, esta casa e esta mulher que espera pela jabuticabeira com muito mais esperança e animação do que pela aposentadoria.

A mulher não pode criar seu filho com a dedicação que gostaria, não pode alimentar o gato duas vezes por dia, não consegue regar as mudas com frequência, não está em casa quando o carteiro toca a campainha para entregar correspondências que exigem sua assinatura. Ela acorda muito cedo, faz as entregas do filho, das senhas, das chaves, os acordos com as outras vizinhas, e sai a trabalhar descontente, como provavelmente todas as pessoas do mundo, em especial as que não trabalham para si e para os seus. Ela retorna para o almoço, à tarde muda de endereço profissional, retorna para um café e muda novamente de direção. Nesse exercício de vaivém, quase como uma engrenagem, ela consegue dar olhadelas furtivas para a árvore que se forma no quintal, prometendo algo difícil de comprar, seu maior investimento: sombra e descanso.

Fruem a presença da jabuticabeira borboletas, formigas, passarinhos e mesmo o gato, que cabe embaixo dela e não se importa com a terra molhada ou as folhas em decomposição. Observam a árvore algumas pessoas da vizinhança, numa espécie de aposta controversa, em alguns casos desejando que os galhos sequem, a planta morra, a confirmar as previsões de tão inteligentes pessoas. Outras, no entanto, conseguem ter bons sentimentos e, em pensamento, ficar felizes porque a dona da casa, em alguns tantos anos, haverá de conseguir sua sombra, depois sua rede, onde se deitar com o gato cego e, em paz, morrer.

O exame

Virava as páginas pensando e às vezes murmurando "Como é que a pessoa deixa chegar a esse ponto, gente?". O descuido e o desleixo são impressionantes. Aqueles livros de medicina clínica eram tão intrigantes quanto assustadores. O pai trocava de lugar, trancava num armário, no alto, mas nada que um banco e mediana esperteza não resolvessem.

Chegava da aula, aquela sequência insossa de temas e falatórios desestimulantes, e corria ao armário para procurar aqueles livros grossos, pesados, feitos em papel fino, mas sem transparências que atrapalhassem a visão de monstruosidades, corpos doentes e doenças inacreditáveis. Uma cartilha anexada e bem mais fina mostrava em detalhes o que chamavam de "bebês monstros", crianças siamesas em Y e cabeças maiores do que troncos inteiros davam noção do que poderia ser visto em um hospital, mas que costumava ficar escondido por lá, de preferência em necrotérios discretos, habitados por pessoas de estômago forte e olhos viciados.

Escalava uma prateleira, achava lá o livro mais impactante, capa vermelha, tipo volume de biblioteca velha, cheiro de remédio talvez, abria as páginas aleatoriamente e sempre se surpreendia com uma imagem aterrorizante. Não parecia um dedo, não parecia uma orelha, não lembrava um pé, estava longe de ser um pênis. Não eram desenhos, para sua sorte; eram fotografias, casos reais de pessoas acometidas por moléstias que mais pareciam ficção. A maioria produzida por doenças mesmo ou arbitrariedades genéticas, não por acidentes ou por ataques contundentes. Era diferente ver aquilo e ter acesso, por exemplo, a livros sobre traumas ou queimaduras. Era cada coisa uma coisa. Ver cadáveres de gente perfurada com os mais diversos tipos de instrumentos: facas, canivetes, projéteis, tesouras, estiletes, espetos de churrasco, lâminas de toda sorte, garfos, grades. Ou ver corpos de todas as cores tornados torrões irreconhecíveis e todos aqueles exames muito científicos para identificar pessoas por meio de partes, lascas, unhas, crânios, arcadas dentárias, cabelos retorcidos, metais restantes. Uma beleza essa tecnologia toda, mas, depois de queimados, todos temos cabelos de mola e a cor da graúna. E todos sorrimos, como sabemos.

O livro de clínica era mais brando, talvez. Vírus, bactérias e protozoários, processos inflamatórios, infecções, todos levados às últimas consequências, iam tornando gente em monstrengos que causavam asco, em sua maioria. Menos a mãe, provavelmente, que jamais teria nojo de seus filhos, porque dos velhos doentes e dos outros parentes era sempre difícil chegar perto, tocar, dar banho, alimentar, passar remédio de uso tópico.

Subiu no armário, alcançou o livro, abriu na página 288. Topou com uma figura divertida: pele em forma de bolhas, mas elas se pareciam com os balões que o vendedor trazia amarrados pela corda, juntos. Bolhas rechonchudas apertadinhas, disputando espaço onde era difícil de ver e de examinar, mas não de sentir. Era difícil acreditar que aquela festa de pregas e bolhas vermelhinhas pudesse doer, arder ou fazer algum mal. Mas na página 289, sim, uma palavra nova: prolapso. Interessada, leu: "Em alguns casos, o tratamento é cirúrgico; noutros, é possível fazer manobras com os dedos". A evitar os consultórios e os médicos especialistas, o melhor a fazer era ir despistando o prolapso com as próprias mãos, dedos que aprendiam a tatear e a se movimentar, numa espécie de braille retal.

O contato com esses livros tinha seus efeitos. Uma pessoa poderia ser induzida à hipocondria depois dessas leituras? À fobia ou à perversão? Dali em diante seria possível ir somatizando ou produzindo reações parecidas às que se via em cada imagem. Um pé inchado e logo mais uma amputação; um dedo inflamado e uma mão com aspecto de elefantíase; a língua maior do que uma boca poderia aguentar; os olhos maiores do que as órbitas; doenças sexualmente transmissíveis em profusão, daí pênis e vaginas semelhantes a flores exóticas ou a animais marinhos. Poderia ser bonito de ver.

Todo esse aprendizado e a poesia que ele significou foram cruciais para o enfrentamento da primeira consulta com o proctologista, enfim. Um homem velho, com uma expressão eternamente séria e uma profissão inexplicável. "Quem sonha com isso, meu Deus?", ela pensava, enquanto o Uber a levava à avenida apinhada de consultórios médicos.

"A região hospitalar é uma espécie de zoológico, será?" "O que explica a escolha profissional de alguém que passa as tardes a examinar cus?", ela pensava, enquanto se lembrava das fotografias nos livros de clínica. Mas não é só isso. É possível que se veja ou examine outro tipo de coisa, menos recôndita e mais interessante. Queria, antes de tudo, fazer uma entrevista com o médico, aquele velho guardador de segredos. Como você foi parar aí, que cursos de especialização fez?

Como disfarçam de ciência os nomes desses eventos sobre ânus e hemorroidas? Ou nem disfarçam? O que você preenche nas fichas de hotel e o que responde nas festas, ao perguntarem o que você faz? Coleciona as piadinhas? Os pacientes do sexo masculino chegam muito mais encabulados? Quais são suas técnicas para relaxá-los? É lenda a história dos gays com tubos de Neutrox? Cenouras? OK, isso é da conta do pronto-socorro.

Ao sair do elevador, enxergou a segunda porta à direita: "DR. RABOLINI, PROCTOLOGISTA". Piada pronta. Destino. Uma convergência absoluta entre o cartório e a premonição. Impossível duvidar de sua competência profissional desde criancinha. Vamos lá, diga à secretária com cara de cu o que você quer. "Tenho uma consulta com o doutor...". Fale mais alto. Duas pessoas à espera. Como evitar que a imaginação voasse alto? Que aspecto teriam suas intimidades? Por que estavam ali? Evitavam se olhar. Pupilas em fuga. Para isso servem as revistas de consultório. Aspecto, cor, ardência, estágio da infecção. Reparou que estavam todos sentados confortavelmente. Os assentos das cadeiras eram estofados, novos. Seria apropriado que tivessem furos no meio? Melhor sentar-se e aguardar. Parar a imaginação logo, antes que tudo ali lhe parecesse trágico feito o livro que via quando criança. Monstruosidades entre as nádegas, até certa altura entendidas como bochechas rosadas. Manobras digitais para guardar prolapsos aliviados por pomadinhas.

Saiu uma pessoa do consultório. Cara boa, bom humor, sem olhar ninguém na recepção, foi direto à secretária marcar retorno. "Quem vem quer voltar", pensou. "Ou precisa", corrigiu-se. É preciso tratar para não chegar àqueles estágios quase putrefatos das fotos dos livros de clínica médica. Desleixo demais, como a pessoa deixa? Como aguenta a dor, a ardência, o incômodo, seria melhor se perguntar. Ninguém quer responder.

A secretária chama uma pessoa discretamente. Entram as duas que estavam à espera. Estavam juntas. Alguém vai acompanhado ao dr. Rabolini? Muita intimidade. Como examinar uma pessoa com esse tipo de moléstia na presença de outrem? Impossível. Deve ser coisa menos grave, menos feia, menos íntima, provavelmente. Ou já está na fase da cura, mais adiantada, sem muito o que tocar, ver de perto, examinar em detalhes. É o tipo da especialidade que inspira algumas providências, como a depilação, por exemplo. Por outro lado, um médico desses certamente já viu de tudo. Não serão pelos os seus piores vilões.

Meia hora depois, saem as duas pessoas, com os mesmos olhares fujões do paciente anterior. Dirigem-se à secretária, que anota tudo numa agenda ainda de papel. Não seria mais prático fazer isso no computador? Parece que temos aí um médico à moda antiga. Nada de exames muito frios. Tudo muito humano, no toque, na textura; do tipo que pergunta "Aqui dói?" ou "Avise se doer".

Lá se vão mais duas pessoas que sairão discretamente pela porta do edifício. Não dirão a ninguém que foram ao proctologista. Apenas que tiveram consulta médica às quatro da tarde e que o atendimento não demorou demais. Sem detalhes. E evitaram cumprimentar o médico com as mãos, oferecendo apenas um meneio de cabeça. E comprarão remédios na farmácia do próximo quarteirão, falando baixo. A atendente saberá do que se trata, mas também está treinada para a discrição. Nada de gritos ou de buscas muito escandalosas. Sacola de papel para evitar transparências desnecessárias. A fila do caixa é sempre um momento de provável constrangimento.

Ela é a próxima. Afunda-se nas páginas de uma revista de celebridades como se evitasse a consulta. Sua finalidade ali começa a falhar e ela evita o olhar da secretária. A mulher, provavelmente uma cinquentona com emprego monótono e estável, está concentrada na agenda do doutor e num papel de letra miúda bem à sua frente. Lê alguma coisa como quem estuda.

Depois do toque também discreto do telefone, ela escuta a secretária dizer "Sua vez, pode entrar". O andar até a porta do consultório é meio atabalhoado, caranguejo querendo andar de lado, não tem jeito, não tem volta. É preciso tratar. Não deve ser nada bom virar caso para foto de livro de clínica médica, convenhamos. Embora a exposição lhe livre a cara e provavelmente um cu seja um tanto irreconhecível, é melhor não arriscar.

Dr. Rabolini é velho, cabelos muito brancos, lisos, nem alto nem baixo, sorriso tímido, provavelmente uma performance aprendida com os anos de profissão. Não se sorri abertamente naquele tipo de consulta. As pessoas chegam meio constrangidas e nunca sabem ao certo *como* dizer, maior problema do que *o quê*. "Qual é sua queixa?", ele diz, cruzando todos os longos dedos das mãos, inclinando-se para ela, num gesto corporal de interesse e atenção. O que dizer? A começar pela seleção lexical. Desde criança, sabe todas as palavras possíveis para se dizer a mesma coisa, mas aprendeu que todas elas são sujas, feias e não devem ser ditas. Numa consulta médica, à luz da ciência, só é possível dizer ânus, anal, retal. Não é possível que alguém chegue ali e desfie um vocabulário de suplemento pornô de revista de mulher pelada. Doutor, meu fiofó anda ardendo demais, especialmente depois que cago. Oxalá houvesse a profissão de tradutor para consultas médicas delicadas. Uma interface entre a vida chá e a ciência, as necessidades mais básicas e a elegância comunicativa. Polidez, dizem. Quem sabe a inteligência artificial.

"Vamos lá", pensa ela. "O jeito é abrir o verbo... a isso se seguirão outras aberturas." Além da mesa onde o médico a atendia, ela rapidamente escaneou o consultório todo, que era, afinal, simples, objetivo, apenas com uma espécie de bancada de aço com aparência de limpa e fria. "Deve haver algo mais confortável onde pôr a bunda", ela pensa. Mas não diz, claro. A bunda ficará no ar, imagina.

Ela leva uns minutos escolhendo palavras, como se falasse outra língua. Uma conversa em alemão ou em francês seria mais fluente, assim como provavelmente muito mais elegante. O incômodo do monossílabo em português era real. Muito efeito para pouca letra. O doutor, finalmente, chamou para o exame.

"Vou pedir que você tire sua calça e sua calcinha e vista esta camisola." Ele lhe entrega um desses pedaços de pano fino, com a logo da clínica, apenas frente, o verso preso por uma fitinha singela. Indica com o olhar a porta do pequeno banheiro. Ela se troca sem pressa, pensando que talvez nesse ínterim inventassem outro exame ou de repente seu incômodo se autocurasse milagrosamente. Sem outro jeito, depois de uns minutos, abre a porta e vai até a bancada de aço. Espera que esteja mesmo muito limpa, mas não entende bem em que momento entre uma consulta e outra alguém passa ali um pano especial com produtos desinfetantes. Duvida de que o médico o faça.

Prefere parar de pensar e tem sua distração interrompida pela voz do doutor: "Por favor, ajoelhe-se na bancada, de gatinho". Soou afetuoso. A imagem foi melhor do que ela esperava. Quase miou.

Ajoelhada, virada para a lua, como diria sua desbocada avó (*in memoriam*), ela espera pela movimentação do médico. Ele vai até uma prateleira, veste umas luvas (ah, que alívio), anda daqui e dali, parece pensativo, quase assobiando, e ela de quatro, mortificada, pensando no aspecto do que ele veria, coisa que ela mesma nunca vira.

Doutor Rabolini é sensível: "Você está tensa". Ela quase se apaixona. Bela frase para se dizer a alguém naquela situação. E ele tinha toda a razão. E se mostrava muito mais sensível do que seus chefes, seus pais, sua irmã e suas amigas, em muitas ocasiões. O cu é expressivo, honesto. "Relaxe. Vou ensinar: prenda a respiração." Ela obedeceu. Prender a respiração dava um pouco de distração, mudava o foco das coisas, travava aqui para relaxar ali. Batata.

Enquanto isso, o doutor, sem lhe mostrar nada exatamente, claramente para não assustar, disse: "Vou introduzir um cilindro, um instrumento um pouco frio, mas mantenha a respiração presa e dará tudo certo. Preciso enxergar lá dentro, examinar mais longe". Técnica boa. Enquanto ele falava, explicava aquele exame, distraindo a paciente, já introduzia um cilindro difícil de medir pelo tato. Dez, vinte, quarenta centímetros? O que passava por ali, normalmente saindo, não se parecia com aquela coisa nem dava exatamente aquela sensação. O que sai do corpo é quente. "Prender a respiração, prender a respiração", teve de pensar. E notou que o doutor se posicionava o tempo todo lateralmente, e não exatamente atrás dela. Só foi para trás depois que o instrumento misterioso estava devidamente instalado. Inteligente. Assim não levantava suspeitas, não causava mal-entendidos. Um médico especialista postado atrás de um paciente pode deixar dúvidas sérias. Melhor mostrar claramente cada movimento. É como um assalto. Melhor não fazer movimentos bruscos e narrar cada movimento, sem surpresas.

E a retirada? Enquanto ela pensava na saída daquele cilindro frio, mas que já ia se acostumando à posição, a respiração já um pouco normalizada, o doutor começou a falar sobre o que via. "É, nível 4, precisamos cuidar disso. Já é caso de cirurgia, viu? Mas você ainda pode tratar." É impossível sentir alívio naquela situação. Apenas uma espécie de ansiedade de curto prazo, um medo do diagnóstico e um constrangimento grande. Ela pensava em não ter mais coragem de olhar na cara do doutor depois daquela consulta, visão do inferno, como diria alguém. Mas ele estava tão acostumado. Provavelmente tinha outros padrões de beleza e humanidade.

Nem sentiu direito quanto ele retirou o objeto examinador. Nem sequer um sustinho ou algum barulho tipo tampão. Era mais fácil sair do que entrar, concluiu. "Já posso me vestir?" Antes de terminar a frase, doutor Rabolini já estava de volta à sua cadeira, do outro lado da mesa. Jogava as luvas no lixo e parecia achar óbvias as providências que ela deveria tomar.

Saiu do banheirinho sentindo uma ardência extra. Era, sim, incômodo. Vergonha de se sentar de novo, diante dele. Mas era isso mesmo. O bom do médico é que ele sabia de cor o que dizer e não demonstrava qualquer reação pós-exame. O comum, o clichê. Nada lhe causava espécie. "Temos uma hemorroida nível 4. Vou passar uma lista de alimentação, algumas coisas que melhoram sua vida. Mas é importante cuidar, há umas pomadas, etc. Seria bom operar isso, sabe? Você é ansiosa?" Essas perguntas soavam sensíveis e ela fantasiava uma sessão com psicólogo. Muito melhor. Vestida, sem ficar de quatro, sem incômodos dessa natureza. Outros incômodos, outras intimidades, outros constrangimentos. Pelo exame dava para ver que ela era ansiosa. Isso não estava escrito nos livros de clínica. Onde isso está escrito? O doutor escrevia uma receita, de cabeça baixa e com os óculos na ponta do nariz. Ela imaginava o prolapso do livro de leitura clandestina, mas depois só pensava em sair dali, descer pelo elevador, sair pela porta da frente do edifício com jeito de quem foi ao dermatologista ou, para ficarmos no olho, ao oftalmologista. Não era nada, era um exame superficial, nada grave. Nem precisaria se dirigir à secretária, se não quisesse. Mas era bom um tchau ao menos. "Tchau, obrigada", como ensinara sua mãe. Esta, sim, nunca consultara um médico dessa especialidade. Talvez nem sequer o de mulheres, especialista das vizinhanças. "Moça, o doutor pediu exames? O retorno?" Era uma voz flagrante, que cobrava uma nova oportunidade. Acenou sem fixar o olhar na secretária, fazendo um sinal de dispensar, com as mãos abertas. Uma vergonha lhe fazia arder o rosto e esquecer qualquer outra eventual ardência. Pensou: "Trate de não ficar ansiosa, é o remédio, e visite às vezes as páginas dos livros".

Última canção

Mal tocamos o último acorde, ouvi de um lugar impreciso aquele *Toca Raul!*. Aprendi com os parceiros a contar até dez, deixar passar. *Não tem jeito, mano, isso rola mesmo. É...* mas e as composições autorais da banda, não merecem atenção? E de novo: *Toca Rauuuuul!*. A vontade de mandar à puta-que-o-pariu chegou atrás dos dentes e voltou. Um, dois, três, quatro, cinco... lentamente. Melhor não. Não é fácil estabelecer-se no mercado. Sem empresário, sem produção, sem bons instrumentos, tocando em bar pequeno, com cachê baixo e dividido com mais quatro caras. Não é mole. Mas quase todo mundo do rock começa assim. O jeito é ir compondo, apresentando, misturando música própria àquelas que todo mundo conhece e já aprovou. Às vezes nem notam, acham que é tudo *setlist* de famoso. Outras vezes percebem e ficam inquietos nas cadeiras ou na pista. Os mais educadinhos até batem os pés, balançam o tronco, pegam uma cerveja no balcão, olham diretamente para os músicos. Os mais sem-noção não fazem questão disso, muito esforço. De cara se desligam, cutucam alguém para conversar, falam alto, dão gargalhadas, distraem quem estiver batendo pezinho e olhando a banda. *Toca Rauuuuul!*, pela terceira vez, agora mais gutural. De novo, foi preciso conter um palavrão ou dois. De repente, aquela vontade-monstro e a imaginação voou longe. Imagina mandar um vai-tomar-no-cu bem sonoro na testa do cara. Coisa de filme. Mas os parceiros disseram: *Tenha calma, conte até dez, lentamente.* Paciência. Tente outra vez.

O vocalista deu o recado: músicas autorais. E se perdeu numa explicação sobre inspirações e influências. Tudo para valorizar o tal do "processo criativo" e dizer que a canção se parece com alguma coisa que o povo já conhece. Mandaram. E mandaram bem. Era mais ou menos uma balada, dessas com refrão três vezes e solo de guitarra no meio. O palco era pequeno, mas a iluminação não era ruim. O foco de luz caía sobre a guitarra, produzindo um efeito que fazia a gente se sentir *rockstar*, sonhando com cenografias do U2 ou do Pink Floyd. Painéis de LED de muitos metros de altura, melhores marcas de baixo, bateria, pedestais para jogar pro alto e no chão, sonho. Mas ali, na real, perder uma palheta era grande prejuízo. Melhor ser comportado.

As garçonetes passavam no meio das cadeiras servindo cerveja quente em lata. Não era bar de vender long neck ainda. Muita gente de pé, encostada em pilastras revestidas de Formica, coisa com jeito de cozinha velha. O show devia durar umas três horas, com dois intervalos de quinze minutos para beber um goró e comer uma empada (menos o vocalista, que podia se engasgar legal com aquela massa). O estresse mesmo era aproximar-se o fim da apresentação e sair do palco. Ninguém pedia bis. Era a frustração maior para qualquer grupo. Porra, nem por educação? Não vão dizer nada? Viram-se imediatamente para trás, para os lados, assediam as meninas com as bandejas, os namorados beijam-se, os bêbados falam e riem alto, gritam palavrões e, às vezes, dá até para ouvir um xingamento: *Bosta de banda que atrapalha a gente a conversar!*.

O repertório combinado tinha vinte e cinco canções. Rock nacional e gringo. Tudo muito conhecido, Guns N' Roses com assobio e tal, Creedence que todo mundo sabe só o refrão, Legião Urbana com aquelas histórias enormes, Capital Inicial chato pra caralho, Kiko Zambianchi de uma música só, versão mais pesadinha de Kid Abelha, mas sem saxofone porque aí já seria instrumento de luxo. Não é pra nós ainda. No meio da seleção toda, enfiamos duas baladas próprias, uma delas até com estalinho de dedo, e seis com pegada mais dura, mandando um backing vocal em algumas frases, fingindo ler partitura numa delas, teclado emprestado com som de piano, bateria fingindo ter dois bumbos. Reação geral: um cara encostado na pilastra batucando com os dedos, com cara de quem pensava nos boletos para pagar; duas moças de lurex bebendo coisas coloridas e falando alto; muita gente na fila do banheiro. Tem isso: música autoral de banda desconhecida é boa pra ir ao banheiro. Porra.

Entre uma música e outra, enquanto ajeitávamos os fios torcidos, líamos a listinha de títulos pregada no chão – no escuro –, afinávamos meio discretamente os instrumentos de corda e combinávamos coisas entre nós, com sinais, como jogadores de vôlei, dava sempre um frio na barriga, um medo enorme, uma exasperação. A porra do cara vai gritar *Toca Rauuuul* de novo. Parecia sempre o mesmo cara ou uma legião deles que se espalham pelos bares só para esse tipo de manifestação de apreço ao mago do rock ou por pura sacanagem mesmo. Nem sequer sabem cantar uma letra inteira. Vão de refrão em refrão, abraçando-se nojentamente, balançando os bracinhos, derramando cerveja dos copos americanos, só para encher o saco da banda. Extraterrestres? Elfos? Diabos? Seres das trevas que brotam dos fundos de bar para infernizar os roqueiros iniciantes? Nem todo mundo tem parceria com Paulo Coelho, né, chapa? Aí fica complicado. Contar até dez: um, dois, três... lentamente.

Tocamos cinco, dez, dezoito canções. Quase sem errar. Normalmente essa turma não identifica os escorregões. A gente logo conserta ou finge que é proposital, versão, a tal da releitura, apropriação, remix. Funciona. Vontade de mijar. Não dá. Mulher é que consegue cruzar bem as pernas e aguentar mais um pouco. Engraçado aquilo, mas é uma vantagem. Aprendi a me distrair do mijo até acabar o show. Se der sorte, alguém precisará ajustar alguma coisa mais demorada e eu fugirei pro banheiro. Vejo a plaquinha "Homem" iluminada lá no fundo do salão. Duas bichas na porta se pegando.

Vinte canções. Várias nossas. O babaca deve ter ido embora, desistiu de pedir. Caralho, que maravilha. Vamos poder tocar até o fim nossa seleção. Para resolver o problema de cotas, enfiamos lá uma Rita Lee e uma Janis Joplin. Pessoal só conhece "Mercedes Benz", então vai. Rola até uma cantoria mais forte, mas só de alguns. A música andou fazendo sucesso com cantor brasileiro, então teve um reforço. Moçada cantando com a pronúncia possível, maioria das vezes sem saber a letra, pura *embromation*, mas fazendo cara de intercambista no exterior. Não é mole. Povo que não sabe o que é o amor, nem sabe quem é, hoje ama, amanhã odeia. O vocalista não fazia feio. Tinha morado no Texas quando era adolescente, se gabava disso, numa casa de família (tinha de chamar os velhos de pai e mãe mesmo), e aprendeu um inglês convincente. A Janis não deve se incomodar muito.

Vinte e três. As duas próximas e últimas são para agitar, para deixar saudade. Nunca acontece. Show longo, pessoal já cansado, meio bêbado, quem tinha de pegar alguém já pegou, banheiro sujo, até vômito no vaso, no chão, respingos na parede. Bebida quente, era isso desde o começo. A maquiagem das meninas já escorreu, suor na testa, bolsinhas pequenas de lado assim, a tiracolo, celulares nas mãos, como talismãs. Tinder fervendo geral. As músicas não prendem a atenção, nem as de refrão batido. Pessoal já vai combinando o sanduba ou o macarrão da madrugada, em outros estabelecimentos. Bar de música não serve nada direito. Batata frita encharcada e cara. Sempre faço as contas dos quilos de batata que dava para comprar com aqueles vinte ou vinte e dois reais. Caralho! Aí eles salpicam uns bacons meio queimados e põem um queijo derretido enjoativo por cima e beleza, pessoal anota na comanda e paga na saída, junto com o couvert da banda. Ah, claro, muita gente pede pra tirar o couvert. *Cheguei tarde, quase não ouvi, Minha mesa era no fundo, nem vi direito os caras, Cheguei nas últimas músicas, Não tocou Raul.* Cara, é um trampo. Minha mãe disse, desde que eu era pequeno, que eu devia estudar mais Matemática, encarar as dificuldades. Acho que o sonho dela era que eu fosse engenheiro. Ela achava bonito. E eu até fiz o que ela pediu, mas na faculdade o que rolou foi encontrar uma turma que tocava violão e matar todas as aulas de Cálculo ou a porra da Programação. Não dava nem para enxergar no horizonte o dia da formatura. O máximo que eu me aproximaria dessa vida séria e promissora era me tornar um dos Engenheiros do Hawaii. Fiz essa brincadeira com a velha um dia e ela me olhou horrorizada. Puta banda ruim. Nem pra isso o trocadilho serviu, merda. Ela saiu pelo corredor do apartamento dizendo *Pra ficar tocando "Infinita highway", aquela merda?*.

Alguém pisou no cabo do baixista e rolou um silêncio maior entre uma música e outra. Muxoxos e pigarreamentos gerais. Sussurrei um palavrão e mandei os caras acelerarem. Sem *roadie* é foda. Tínhamos um voluntário, o Max, que era irmão caçula do ex-baterista. Mas a desistência do batera, a briga enciumada, a discordância sobre os rumos da banda e a aprovação dele num concurso da Receita Federal, e a gente perdeu ambos. Ninguém pra ajeitar os fios e carregar as coisas pro carro velho estacionado no fundo do bar. A gente monta e desmonta tudo, incluindo a faixa com nosso nome que fica ali na frente, pro pessoal saber e gravar. Ter o nomão da banda no front é fundamental. Vai que chega um empresário, olheiro de gravadora, e resolve nossas vidas. Bobagem. Isso nem existe mais, porra. Negócio é entrar no Spotify e ser consumido assim. Não adianta nada, convenhamos. Pessoal de bar nem olha o nome da banda. Nem faz questão. Não grava nenhum refrão autoral e não decora as fisionomias da gente. As meninas que beiram o palco dando bola e os gays que tentam a mesma coisa talvez reparem mais, mas no escuro a gente fica devendo mais nitidez. Mulher gosta é de guitarrista. Acaba o show e elas vêm com papo de *Você se parece com o Slash* ou aqueles boys boa-pinta do Bon Jovi, sei lá. Vocalista também faz sucesso. É garantido. Leva assédio de veado e de mulher. Pode escolher. *Você me lembrou demais o Axl Rose, o Bono, o Eddie Vedder, nossa! Seus trejeitos, seu cabelo.* Nosso vocalista é bi. Se gosta, leva. Não faz distinção nem questão. Gosta da pessoa, depois vê se é macho ou fêmea. Tanto faz. Acho legal. Cem por cento do espectro. Quem me dera. Baixista fica meio chupando dedo. Pessoal não sabe direito o que aquele instrumento faz no conjunto. *Ah, você é aquele som mais grave que a gente mal ouve?*

Última canção. Logo já vai me dar aquela ansiedade da porra pelo bis, que provavelmente não virá. Pessoal tá distraído há muito ou prestando atenção em outras coisas. Ao menos o bosta do cara do *toca Raul!* deixou a gente em paz. Deve ter arranjado alguma coisa e saiu, mudou de bar, foi encher o saco de outra banda. Pô, mano, quer Raul vai ao cemitério. Alguns têm o arrojo de pedir até a música: *"Gita"!*. Outros cantarolam o refrão, mal pra caralho, mas a gente reconhece. *Viva, viva, viva a sociedade alternativa.* Cambada de playboy almofadinha pedindo sociedade alternativa. Mas a maioria só pede genérico assim, *Toca Raul,* dando ênfase no *Rauuuuuul,* pra não ter erro, não deixar dúvida. E a gente até que sabe, tá ligado no repertório, nas composições do cara. Não desmerece. A gente até consegue, se quiser, mandar uma "Mosca na sopa" ou uma letra longa do tipo "Eu nasci há dez mil anos atrás e não tem nada nesse mundo que eu não saiba demais". Mas é foda, é osso, porque a gente quer mostrar nosso som autoral e não consegue, saca? É mais é isso, não é desprezo nem nada. Até rola um respeito, maior roqueiro nacional, pioneiro. Mas a gente não aguenta mais aqueles acordes, ficar atendendo bêbado de boteco o resto da vida pra cantar canção de autoajuda. O *toca Raul* rola com qualquer banda de garagem, até se você tocar gospel na igreja alguém grita essa porra. Eu *lhes tenho horror!*

A última música acaba em *fade out* na nossa gravação demo, original, num estúdio mequetrefe aí que arranjamos. A gente teve de fazer uma adaptação pro show, não chega a ser um novo arranjo nem nada. Optamos por um corte mais abrupto, o que deixa o som com jeito de apoteose. No nosso delírio, queríamos que a plateia lotada fizesse aquele *ahhh* de multidão, todo mundo arrepiado. Claro que não. Na real, não acontece nada. Dois ou três caras puxando umas palmas meio sem graça, espaçadas. Cinco meninas dão continuidade. Mulher tem um pouco mais de sensibilidade. A gente se abraça de lado, abaixa, faz uma cena de banda grande famosa. No fundo rola até uma vontade de chorar, mas aí conta-se até dez, lentamente, e espera-se que um dia o reconhecimento venha. Pô, a gente rala pra caralho. Por que não viria? Às vezes chego a pensar que talvez desse mais certo se eu tivesse sido escritor. Profissão que depende de menos gente, sem banda, muita editora. Mas já me disseram que é uma merda igual ou maior. Engenharia, não. Isso é que não dá. Então o jeito é acreditar geral na ralação da gente.

Último acorde. Corte. Fim abrupto. Cinco palmas espaçadas. Nem vimos direito a cara das pessoas educadas que fizeram isso. De cima do palco, o que eu podia ver era um casal meloso na mesa da frente, três garçonetes meio à toa, com cara de *acabem logo que eu quero ir embora*. Sou solidário a uma coisa: tanto nosso *toca Raul* quanto os assediadores delas foram embora. Nada de bis. A gente até preparou um Rolling Stones, mas não pediram. O jeito é beber a cerveja quente atrás da bateria e começar a desmontar as coisas. Peças de bateria, cabos, plugues, cases, palhetas, cordas arrebentadas, microfone, jaqueta pelo chão (vocalista é tudo igual...), copos, enquanto vamos conversando sobre ajustes e sobre as coisas que funcionaram bem ou mal. Meu contrabaixo precisando de uma limpeza, todo suado, um arranhão na parte de cima, coisa de sobrinho pequeno. Titio vai te dar uma porrada se mexer aí. Dito e feito. Desmontar é meio deprimente, em especial depois de umas palmas sem graça, a esta hora da madrugada. Desmontar, empilhar, pôr no carro. Aqueles toscos do Iron Maiden têm um avião, velho. Imagina? O vocalista é quem pilota a porra da aeronave. A gente nesta merda desta Doblò velha, custando a dar conta da gasolina, e os caras viajando a jato. Aquele avião com o Eddie pintado. Chega a dar raiva. Fazer o quê? Nosso equipamento cabe todo neste utilitário meio esquisito. Tá de bom tamanho. É o que temos para o momento, como tá na moda dizer. Mas isso não minimiza minha frustração. Chegar em casa agora, comer um resto de qualquer coisa da geladeira, ver tevê para abaixar a adrenalina, deitar sem banho mesmo, para não acordar ninguém. Pai e mãe velhos, irmã no quarto ao lado. Não têm nada com isso.

Esquecemos alguma coisa? Vamos contando tudo, quantas caixas, quantos amps, quantas palhetas, quantos isto, quantos aquilo. Falta, falta alguma coisa. O que você esqueceu, seu burro? O vocalista se acha superior. Vai lá, volta lá. Já baixaram a porta de aço. Foda-se, pede pra abrirem. Volta lá. Sobra sempre pra mim. Desço da Doblò escura, de vidro trincado, quase caio na calçada, vou lá buscar a porra da faixa com o nome da banda. A gente pagou uma grana pra fazer esse banner de vinil, coisa meio brilhosa, pra colocar assim na frente do palco. Sem isso o pessoal nem fica sabendo nosso nome. Caralho, dá trabalho. Tem de desprender e enrolar aqueles três metros de banner, fazer virar um canudo, enfiar embaixo do braço, sair carregando. E enquanto eu enrolava a faixa, a garçonete com cara de tédio, mascando chiclete, lia alto, silabadamente: *Me-ta-mor-fo-se am-bu-lan-te*. Dar nome a uma banda é difícil pra caralho. Já tentou?

Quatro filhos – Bemóis e sustenidos

Nesta vida a gente nunca sabe quando está velha. Uma boa medida é ver filho crescer, sair e entrar a hora que quer, balançando chaves que a gente custa a enfiar no buraco da fechadura. Hoje eu preciso de óculos para tudo. Para as chaves e para ler. Também acontece que, com o tempo, fui cabendo nos vestidos grandes que eu comprava. Achava bonitos, não tinha meu número, comprava pensando em nunca precisar usar. Mas uso. Fui ficando do tamanho deles, sem prestar muita atenção nos braços, nas coxas, na barriga. Enquanto isso, os meninos cresciam incontidamente, cheios de pelos e de força nas mãos grandes.

São quatro. Nos anos 1980 já era muito fora de moda ter essa quantidade de crianças. Fui tendo um atrás do outro, dando mal e mal o tempo de desmamar. Quatro filhos, fora o natimorto (dizem que esse não conta, mas, ah, conta, sim). Quando eu respondia isso a alguém, vinha de troco um olhar de surpresa, às vezes de dó. Estes me davam raiva. E eu continuava trabalhando. Como é que não trabalha, com quatro crianças?

Marido já não era isso tudo quando me casei. Essa coisa de criar filho só com salário de homem virou lenda; e nem eu queria, ora. Trabalhei e passei anos respondendo sobre meus quatro rebentos, um mais bonito do que o outro, que eu deixava em casa sob enérgicas ordens de não se matarem entre si, não botarem fogo, não quebrarem dentes (dentista era caro, impagável). Eu nem devia. Me disseram que hoje dava polícia, Conselho Tutelar, não sei mais o quê. Mas qual era a alternativa? Se um podia dar de comer aos outros já estava bom. Sobreviveram.

Quatro almas que estudavam, acordavam cedo todas ao mesmo tempo, faziam barulho, brigavam, desafiavam pai e mãe, tomavam decisões, mentiam e, ao mesmo tempo, eram frágeis. Esse povo não entende nada de família. Quatro crianças simultâneas, cada uma de um jeito, incrivelmente diferentes, mesmo a gente criando feito quartel. Umas ideias que ninguém sabe de onde vinham, um jeito de olhar, um mais carinhoso, outro menos, menos ou mais odientos, desobedientes, um mais invejoso ou ciumento, como é de se esperar. Pai e mãe mantendo a linha, mesmo depois disso tudo. Casamento morre sufocado fácil, ainda mais desse jeito. Mas é o que é.

Não me sinto velha. Meu sentimento mesmo é de ter tido sempre esta idade. Uma coisa intermediária entre a adultice e a meia-idade, algo assim, mas sem nunca ter visto a tal de plenitude. Propaganda e novela é que gostam de falar nisso, essa coisa de mulher bonita, plena (e agora tem a tal de poderosa, guerreira, ave-maria!). Não, nunca vi. Quarenta, cinquenta e os meninos crescendo, marido se virando e a sensação de a idade passar e a gente não. Mesmo assim, as mãos se manchando, unhas encravadas no pé, dentes delicados, exame de mama todo ano, obrigatório, veias, muitas veias, como um mapa rodoviário. O que a gente aprende é a esconder, a despistar. E a levantar as mãos pela graça do sistema de saúde pública.

E os quatro criados. Hoje estão criados, pode-se dizer. Isso dá certo alívio, mas a preocupação só muda de lugar. Ficaram adultos, deram seus pulos, mas volta e meia um se separa pela terceira vez; outra vive deprimida, falando em suicídio; outro não sabe direito se é homossexual; outro não consegue mais trabalhar fixo.

Bonito era quando eles chegavam. Entravam em casa. A saída não interessa, que essa é uma espécie de abismo. E nunca mais se volta atrás. As chegadas é que aqueciam a alma, todos os dias. Cada um com seu ritual, ninguém notando nada, mas eu ali, com os ouvidos nas paredes. Chegava em casa depois do trabalho e ainda dava tempo de perceber a aproximação de cada um. Gostava, até. Fazia um bem que nada mais faz. Diz que foi uma espécie de magia. Eu e o pai deles plantamos todos os umbigos no quintal, debaixo de árvores, para dar sombra. Com isso, seguramos, talvez. Não voam longe.

A mais velha não tinha erro; nem o segundo. Ela entrava em casa cantando. Dava para saber a música do fone, direitinho. Chegava cantarolando alguma coisa, voz bonita, grave. O pai é que impediu que desse em sambista, não sei. Ciúme. Mas ela sabia fazer. Rodava a chave na porta e eu ouvia, lá da cozinha, três ou quatro frases ainda da canção, dois versos de uma bossa, coisa que eu não sabia direito de quem era. Nem precisava. Só sabia os pedaços, trechos. Ela ia abaixando a voz, acho que percebendo a chegada em casa, passava a falar, chamar *Mãe! Pai! Alguém?*. Ela sabia que sim, mas faz parte perguntar. Parava de cantar. Aqui tinha pai e mãe, só não eram alguém.

O segundo era outro ruído. Entrava fazendo barulho. Chegava ser engraçado. Batida de carro, derrapada, polícia e ambulância, direitinho. Às vezes, uma voz de desenho animado, mas na maioria das vezes era um som, um zumbido, uma esquisitice que vinha antes logo da pergunta *Onde cês tão?*. E descia para comer. Não fazia cerimônia. Entrar em casa e comer, fazer sanduíche, disputar queijo e mortadela. A irmã preocupada com caloria e o cara nem aí, dava raiva de ver. Magro feito um varapau. E barulhento. O ruído da porta até sumia debaixo dos rangidos dele.

A terceira era discreta, bem mais. Chegava em silêncio, precedida pelo rangido lento da porta. Era cuidadosa. Abria sem estrondo. Era o jeito dela de chegar, entrar, procurar alguém. Não queria conversa. Eu lá da cozinha é que tinha de gritar *Chegou?*, para ver se ela concordava com o óbvio. Antes de aparecer para o café, ainda deixava sacola, tênis velhos, chaves, telefone celular de segunda mão, tudo, lavava as mãos, mexia nos cabelos indóceis, muxoxos, respirava forte, depois aparecia. Parecia que estava a juntar paciência. Gente demais. Comia com agilidade, o olhar distante da conversa atabalhoada dos irmãos. Talvez fizesse planos, mas eles não se concretizaram, parece. Não vimos. Talvez apenas pensasse no cansaço, no sono. Dormia muito. Mais que os outros. Mas, quando falava, dava de falar muito, desabafar. Horas.

O mais novo, não. O mais novo era sofrido para mim. Não sei direito, mas acho que foi ele que me envelheceu. Até a terceira eu era jovem. Nem sei quantos anos tinha, mas era firme, do papo à bunda, passando pelos peitos. O último me deixou flácida, me preocupou mais. Entrava em casa em silêncio, mas sem qualquer especificidade. Nunca o ouvi cantar. Não fazia barulho e não participava. Se pudesse, abriria a porta sem ser notado e passaria direto para o quarto, o banheiro, onde fosse. Repousaria de cabeça para baixo, como um morcego. Um olhar sem brilho, prestes a se apagar de vez. Nem um pio.

Gente que não faz barulho, gente que não canta é infeliz. Os males estão todos ali, amontoados. Basta escolher um. Esse caçula era de me tirar o sono. Eu pensava, todo dia, *O que foi que eu fiz? O que tem esse menino? Não diz nada, não canta.* Não tinha um dia alegre naquela vida. E olha que tinha vida mansa. Não precisava fazer muito esforço. Por causa disso, alimentei uma culpa que me fez refém. Lavava, passava, cozinhava, louça, toalha, o que esse menino quisesse eu fazia. Nem um som. Nada. Nem *obrigado.* Muito menos. Era uma chegada sem chegar. Fantasmagórico.

Prestei atenção nele sempre. Era o que mais me dava medo. Nem era de rua, de ladrão, de sequestro, de moça ruim. Nada disso. Ele me dava medo. Me fazia medo de pensar que a vida pudesse não ecoar nele. Nunca um assobio. Assobiar é coisa de gente alegre. Você escuta uma pessoa assobiando, o que você pensa? O que você sente? Não tem outra: o cara tem de estar concentrado para assobiar. Ainda mais se for uma canção. Aí tem de emitir as notas, afinar, ritmo, andamento, lábio, músculo. Tem gente que faz igualzinho instrumento. Esse menino mais novo, não. Nunca. Nem um gemido. Até no susto ele era contido.

Passaram-se anos nessa levada de quatro pessoas para criar. Marido insosso, mal disposto, nem fazia questão de estar. Pai é uma coisa meio sobressalente. Eles mesmos se fazem isso. Nem sei qual era o jeito dele de entrar. Quando eu assustava, já estava na casa, passando do quarto para a sala, que só se preocupava com *Onde tá o controle remoto?.* Nem maldizia ninguém, nem me culpava. Era um espectro. Não fazia comida, não lavava nada, não importunava. Só era o pai. Nem provedor era, que isso saiu de moda também. Aparecia, pegava uma banana no cesto, arrastava um chinelo de borracha pela cozinha, abria a geladeira, pegava água e ia se esconder em algum programa de tevê. Nunca me preocupei.

Os meninos, não. Eles eram vivos, faziam diferença. Até o mais novo, com essa preocupação imensa que me dava, essa de não ter expressão. Como é que a pessoa nasce assim? Não pode. É preciso criar presença, não é? Mas ele, não. Fazia diferente de cada irmã e irmão, sem querer ser rebelde. Era a alma dele mesmo, aquilo.

Um dia, um único dia, esse moço me deu uma forte emoção. Uma vez. Não sei nem mais o que foi. Não sei se era alguma coisa na escola, no ônibus, no trabalho. Nem sei que idade ele tinha, nem eu. A gente vira mãe e perde a noção, começa a contar pelos anos dos outros. E com quatro, imagina? Com quatro eu já misturei os calendários, os signos, as datas e me deixei para lá. Para quê? Não faz diferença. Eles não lembram, nem eu. Mas nesse dia, nesse único, eu despertei ou fui despertada. Hoje lembro como se fosse um raio, rápido, mas é uma emoção tão funda, tão intensa, que sou capaz de repeti-la ainda. Nos meus silêncios.

O segundo chegou antes da mais velha naquele dia. Entrou fazendo uma ambulância, numa altura danada. Engraçado. Ri lá na cozinha e ele logo apareceu pedindo janta. A mais velha demorou ainda uma meia hora. Rodou a chave e ouvimos um verso em inglês *And I'll be seeing you*, música triste. Trancou a porta e surgiu suada, querendo água. Copo d'água providencial. Nisso, antes do terceiro gole, a terceira surgiu na cozinha num golpe. A barulheira de porta de geladeira e gente pegando água no filtro e perguntando coisas evitou que ouvíssemos o rangido lento da porta de ferro, com vidro só em cima, para entrar luz no corredor. Quando pensa que não, um assobio. Sim, era um assobio. Uma canção ou um assobio desses aleatórios, qualquer coisa. Um assobio que veio acompanhado do tilintar das chaves uma na outra, e continuou. E esse menino me deixou numa emoção que eu nem sei contar. Abri bem os olhos para acreditar. Ele assomou à porta, já em silêncio, mas ainda fazia o bico. Tinha assobiado, por um minuto, nem isso. Chorei. Não quis que ninguém notasse, mas chorei. Fiz um esforço para ser discreta, ofereci pão, manteiga. Deixa. Se eu falar vai ser pior. Era só para saber se ele pode ser feliz. Um pouco. Pode.

Dos puntos

19:00

Vão ligar? Nunca sei. Lica sempre promete. É um sofrimento grande para um cara que não gosta de esperar. Quem gosta? Ela gosta de ser pontual. Esperar a fundo perdido, sem saber nada sobre quem está lá do outro lado, longe, e mais longe ainda porque nunca liga. Sinto na voz dela que é promessa de irmã mais velha, de quem tem esperança, mas é uma esperança meio mortiça, sem vigor. Ela diz pode deixar que vou dar um jeito e ele vai topar, mas eu sei quem é ele. E sei quem é ela. E nessa interação não há muita esperança, em especial por conta dele. 19:00 e sem a desculpa do fuso horário. Estamos emparelhados nas horas, mas não nos desejos. E quando não foi isso? Mesmo assim eu espero. Esperança sempre frustrada, depois que se passa meia hora, uma inteira, duas. Não vão. Ela não conseguiu. Ele não cedeu.

Há quatro meses e dois dias que estou neste quarto com cheiro de mofo (como se diz mofo em portenho? *muefo?*). Aluguei o pequeno apartamento por seis meses, por esses aplicativos que administram imóveis. Vi fotos, conversei com a proprietária e olhei no mapa a localização. Boa. Perto de tudo o que eu queria: um café na esquina, *ferreterías* como as dos filmes, duas ou três livrarias e uma grande e larga avenida por onde caminhar, como se eu soubesse aonde ir.

E de fato caminhei. Farmácias, papelarias, restaurantes com portas de madeira e vidro, cruzamentos perigosos, gente apressada, mas falando outra língua.

Lica sempre me pergunta se estou bem, se tenho emprego, se preciso de dinheiro, se estou me cuidando para não adoecer... Como se ela pudesse fazer algo por mim, caso alguma resposta fosse sim. Ela efetivamente não pode, mas sempre agradeço por perguntar. Meu pai jamais pergunta, e isso me desampara mais do que qualquer outra coisa.

Todos os dias, desde que cheguei, saio de manhã sem arrumar a cama; desço três andares pela escada, dou uma olhadinha no escaninho de correspondência, onde só chegam contas e folhetos de propaganda (isso é igual em todo canto), abro uma porta pesada, ponho a máscara no rosto, abro um portão também pesado, seu ranger me dá gosto, em nada lembra as peças lubrificadíssimas da casa que deixei, meses atrás; dou uns passos na calçada, atravesso a avenida, entro no café, peço uma xícara, tentando despistar o sotaque estrangeiro, e a bebida vem com um orgulhoso selinho verde e amarelo: o café é do Brasil, vendido aqui como se fosse de grife.

Da primeira vez, quase me orgulhei também, mas depois caí em mim. Era melhor que fosse café colombiano ou algo com outro sabor, algo que não me trouxesse lembranças do que eu havia deixado com tão pouca firmeza. Na cafeteria, sento-me sempre de frente para a porta, com vontade de ver as pessoas passando, observar suas roupas, seus sapatos, pensando que talvez encontre alguma diferença que faça, subitamente, tudo valer a pena. A garçonete que me atende é sempre a mesma. Noto que as funcionárias são distribuídas para atender por áreas, subdivisões imaginárias e mais ou menos geométricas e simétricas dos cerca de sessenta metros quadrados daquela loja de vidros jateados e adesivados com o nome do estabelecimento. As pessoas entram sem sorrir e dizem *buenos días* sem empolgação. Não se abraçam. Os homens, quando se conhecem, se beijam. E isso foi motivo de surpresa para meus olhos demasiadamente brasileiros. Foi irreprimível: o que ele diria? Meu pai certamente teria um choque, diria frases de forte e emaranhado preconceito, faria previsões terríveis para um futuro de permissividades, finalmente, diria que países assim ou pessoas como essas deveriam sumir da face da Terra. Eu podia ouvi-lo e às suas conjecturas, tais como nos ensinou desde crianças, mesmo sem dizer uma só palavra.

Depois das experiências de um café que dura cerca de uma hora, sem pressa e sem ler jornais, saio pela mesma porta de entrada e escolho uma direção para onde ir. Me visto como eles, me calço como eles, me penteio como eles, mas não falo sua língua direito e nem sempre posso entendê-los em seu castelhano rápido, sem os "s" do meio das palavras, sua rispidez nas respostas e sua pressa cosmopolita, como toda pressa do mundo. Grande vantagem. Primeiro pensei que fossem antipáticos, depois passei a achar que podem ser gentis e prestimosos. O porteiro rosarino do prédio ao lado já me ensinou a pegar o metrô – o *subte*, como ele diz, mostrando os dentes de baixo e suspendendo vaidosamente as sobrancelhas –, a comprar cigarros mais baratos e a procurar empregos para imigrantes. E eu nunca me entendi assim, como um imigrante. Nunca esteve nos meus planos.

Sou um expulso. Um autoexilado. A mãe sempre falou disso com desprezo. Ir embora parecia uma covardia imperdoável. Quando ouvíamos histórias de bisavós e tios distantes, parecia não haver opção. Pessoas que fugiam do terror, para sobreviver, mas todos com ganas superiores. Nada parecido com esta minha aventura, dizia ela. É que ficar às vezes custa tão caro que é melhor partir. Por que razões declaráveis eu teria migrado para esta Buenos Aires, na minha cabeça, promissora? O que respondi à policial federal no aeroporto, quando cheguei? Que vinha para trabalhar e estudar. *Estudiar?*, ela disse. *Sí*, repliquei apressadamente. *Donde?* Hesitei. Mesmo assim ela carimbou meu documento e me deixou passar. A pergunta, no entanto, continua ressoando.

19:28
Posso considerar o prazo esgotado? Nem Lica? Ela sempre promete ao menos me dar notícias da casa, de si mesma. Uma mulher que vive sozinha tem sempre algo a reclamar. A luz, o gás, o tomate pela hora da morte, a infiltração na sala, o trabalho e os colegas. Uma mulher como ela, que quis fazer tudo certo, mas que não alcançou os melhores escores para equilibrar os pratos. Não foi mãe, não foi esposa indefectível, não foi a número um na faculdade nem aprendeu todos os idiomas quantos são necessários para o mundo corporativo. É mediana. Não serve.

Só eu a chamo de Lica. Ninguém mais. Nem pai nem mãe. E somos apenas nós dois, vítimas daquele casamento repleto de distâncias, silêncios e inconformidades. Lica é, de registro, Letícia. Minha mãe dizia a todos, visitas, vizinhos, parentes distantes, que Letícia significava alegria. Lica, coitada, ainda era um bebê e tinha de ser profundamente alegre.

As pessoas têm vida interior, mas nem todas a exprimem. Minha mãe era transparente, de uma infelicidade flagrante, mas muito resignada. Tanto que não chegava nem a nos contagiar, nem às outras pessoas, com seus infortúnios. Fazia parecer que estava tudo bem, o que nos dava falsas noções dela, de nós mesmos e nos deixava fraudulentamente tranquilos para viver nossas vidas sem incomodar ninguém. No entanto, olhar para minha mãe às vezes se parecia com ver um ruminante: digerindo, mascando incômodos e tristezas. Aprendera direitinho. Lica não era assim. Eu aprendera por contraste. Nossa diferença de cinco anos cravados fez com que ela, aos sete, tivesse um irmãozinho de dois, que a apelidava carinhosamente e, de quebra, suavizava o peso daquele nome de batismo. De todo modo, eu não conseguia pronunciar outra coisa, e Letícia me parecida demasiado grande e acentuado.

Não vão ligar. Ela nunca me engana, sempre diz que fará nova tentativa, mas que é só uma tentativa. Ele é duro na queda, teimoso, turrão. Usamos essas palavras para amenizar a falta total de afetos e saudades. Afetos escamoteados; mas não, entre nós, sabemos que não. Lica diz que leva o notebook, que liga tudo, que se posta à mesa da copa, aquela grande copa em extinção nas edificações, que põe duas cadeiras lado a lado, afasta as outras, tentando encorajá-lo a se sentar diante da tela para uma videochamada comigo, mas o que ele faz é vir da cozinha com a caneca de café na mão e parar de pé, do outro lado, atrás da tampa do computador, como se ali ninguém esperasse por nada. Posta-se contrário à câmera, posta-se fora do nosso alcance. Faz isso de rosto impassível, balançando a caneca como que a mexer um açúcar que nem sequer põe no café, com um pé levemente em cima do outro, os chinelos velhos, posição de descanso, como quem nem quer mesmo se sentar. Ela sabe que ele foge. Ele talvez não fuja, apenas dispense qualquer contato, honestamente. Lica não se exaspera. Não deveria se chamar alegria, deveria se chamar outra coisa mais apropriada, se a ideia de minha mãe era dar um rótulo, não um nome. Lica mantém o notebook ligado, o aplicativo pronto para uma chamada. Prepara-se para mostrar interesse nas incríveis tecnologias de comunicação, que amenizam as distâncias, mas não fazem milagres. Lica fala um pouco sobre mim, sobre notícias meio imprecisas, declara abertamente que sente falta de nossas conversas, que se preocupa comigo e que a mãe gostaria que nos comunicássemos, os três. A mãe certamente faria as chamadas. Sem entender nada, admirada dessas possibilidades, falando sem saber direito onde fica a câmera, gritando como se não houvesse microfone, dando tchau com as mãos para fora do ângulo de visão, mas ela certamente gostaria de falar e de saber. No entanto, se ela não estivesse morta, eu provavelmente não estaria aqui, tentando me encaixar numa outra língua, achar uma rotina, crendo na possibilidade de reformulação não apenas do futuro possível, mas até do passado.

A morte dela é uma sombra que me expulsou daquela casa. Mal foi cremada e eu já pensava na compra das passagens. Por que Buenos Aires? Por que não a Europa? Portugal, onde a língua favorece? Não bastava. Apagar palavras, apelidos, usos afetuosos, apagar modos de dizer, sotaques, apagar mamãe, apagar o pai, apagar a pronúncia. Passar por cima, decalcar outra coisa sobre uma superfície áspera, abafar sem asfixiar. Não terminei a faculdade no Brasil por absoluta falta de objetividade; não tinha namorada nem sequer conseguia me definir sexualmente; não tinha amigos insubstituíveis nem parentes que fizessem grande falta; tinha oito calças jeans, um terno de festa, quatro pares de tênis e um de sapatos finos, uma série monótona de camisetas de malha já meio adolescentes para um homem feito. Não era difícil fazer uma mudança quase sem transtornos. Uma mala grande transportaria tudo o que era meu, sem pagar excesso. Uma pessoa sem excessos. Como a vida pode mudar tanto em apenas três horas de voo? Providenciei uns documentos, o passaporte, países do Mercosul, essa promessa difusa, meio extinta, aos farrapos. Falei com dois ou três amigos e alguns até me ajudaram a planejar a viagem, me ajudaram a ter coragem e meia dúzia de palavrões em castelhano. Vim ao lado de uma mulher que parecia tão distante quanto eu. Preferimos nem nos cumprimentar.

19:43

Posso considerar o expediente encerrado. Lica não conseguiu. Ele venceu, mais uma vez. E não está arrependido. A primeira palavra que me vem é alívio. Como se diz isso em espanhol? Para minha decepção, é a mesma palavra. Isso não me alivia. Procuro também *mofo*. É *moho*, sem graça. O pai sente raiva? Uma raiva mofada? Há sempre a opção: não sente nada. Eu é que sinto. Vou perdoá-lo por jamais ter prometido algo. Já posso sair. É domingo, é noite, a Corrientes ferve. Farmácias ainda abertas, pontos de ônibus cheios, sobe e desce nas escadas que dão acesso ao *subte*, atendentes cansados nas lanchonetes, livrarias fechadas, luzes coloridas, carros engarrafados.

A ideia é apenas caminhar em direção ao obelisco, muitas quadras adiante, aguardar a segunda-feira para procurar qualquer ocupação que faça parecer que terei uma vida integrada aqui.

Com o passar dos dias, disseram que eu começaria a sonhar em castelhano, depois eu talvez já pensasse em castelhano e não tivesse mais de raciocinar por tradução. Eu ainda pensava em português, sentia em português, e o que me bateu, naquele momento, foi um negócio foda a que chamamos saudade. Por que inventei isso?, pensei, mas eu sabia que era uma espécie de ressaca. Não era ainda arrependimento. Quando falei para minha irmã que tinha comprado passagens só de ida para a Argentina, ela não acreditou. Mas o que você vai fazer lá? E o papai? A pergunta dela foi quanto bastou para que eu respondesse com mais pressa e ênfase: Vou mesmo. Ela dizia: Para que ir? Eu achava a resposta tão óbvia. Quando foi que o pai precisou de nós? O que deu em você?, Lica perguntou. Pensa melhor, fica aqui com a gente, quer morar comigo? Imagina, a esta altura, morar com irmã? Pior do que isso só mesmo morar com um pai viúvo e ausente, ver a sombra da mãe morta caída na cozinha.

Mas a ausência dele não decorria da viuvez. A ausência dele era sempre, todo dia. Resolvi me ausentar. Será que é possível ausentar-se estando vivo? Claro que é, tenho provas. Eu, o pai, a mãe e uma casa até grande, com grama nos fundos, árvore na calçada da frente, caixa de correio, umas sete demãos de tintas diversas, duas reformas. O quarto deles, o banheiro no meio, o meu quarto, uma escada e uma janela ampla. Eu gostava de ficar ali escorado até que meu pai passasse arrastando as chinelas, como se quisesse dizer que eu estava ali onde não deveria estar. O pai arrastando chinelas, barriga proeminente e umas pernas finas, meio calvo. Depois de bem velha, quando achava que a morte era uma benfeitoria, a vó falava para a mãe, pelas costas do pai: casamento só é bom para eles. E a mãe ria por educação. Não sei se a mãe concordava ou se ainda não tinha dado tempo de pensar direito. A vó dizia isso meio raivosa. Ficava em casa bem arranjada, vivendo da pensão e pronto. Achava a vida boa desse jeito: marido morto e filhos criados.

Junín y Corrientes. Ainda era difícil falar todas as letras, esse "t" na ponta da língua e atrás dos dentes. Estou noutro lugar e não há ninguém mais. Um alívio. Só eu, conversando incessantemente comigo, pensando que ainda preciso acreditar que deixei o pai e a irmã para trás, a mãe cremada e que preciso enterrar os vivos e parar de pensar nos mortos. Chegar, quem sabe, ao máximo do desapego, aprender com o pai, que chegou com a urna funerária da mãe em casa, olhou para os lados, foi à cozinha, abriu a torneira e despejou as cinzas pelo ralo, ali mesmo, diante de mim e de Lica. Fechou a água, saiu para a sala de tevê. Só disse, enquanto caminhava pelo corredor, diante de nossos olhares abismados: mais fácil, ela ia gostar.

23:13
Subi três andares. A chave não entrou de primeira. Chegar na noite em Buenos Aires, ainda sem entender direito aquela geografia, falar com o porteiro num portunhol safado e chegar a um apartamento um pouco pior do que o que vi nas fotos. Geladeira velha, tevê ainda de tubo, mesa,

cadeiras, tapete velho, sofá velho, ao menos era minimamente mobiliado. Banheiro, um só, meio estropiado, mas com aqueles chuveiros a gás, funcionando, sem papel higiênico. Uma cama. Isso me deu uma pontada de saudade do meu quarto, meu quarto em casa. Era simpático e era muito a mãe. Não dava mais nem para dormir sem ouvir a voz dela, abre a janela, escancara, deixa a luz entrar, levanta, moço, vai tomar café. Isso era um ritual. Só senti quando ela faltou.

12:36
Dormi demais. Prometi ligar para a Lica. Ligo porque não me custa. Ela não queria que eu viesse. Minha dúvida é se queria que eu ficasse por mim ou para não ficar sozinha com o pai. Ela esperaria a morte dele como quem espera um cuco. O pai vive dele mesmo, em um universo íntimo. Não acho que a mãe chegue a fazer grande diferença, exceto pelo almoço, pela janta e pelas toalhas lavadas.

"Lica?"
"Ah, que demora para dar notícias!"
"Cheguei de madrugada, não quis incomodar."
"A cidade é bonita, não é?"
"É, parece. Por enquanto não vi nada excepcional. Avenida movimentada, gente apressada, café do Brasil. Lica, e o pai?" A pergunta saiu meio atravancada, mas eu precisava saber.
"Olha, hoje vou visitar o pai às seis e pouco. Às 19:00 vou tentar fazer uma chamada de vídeo para que vocês se vejam."

Desligamos. A tela do celular enegreceu. Um silêncio rarefeito tomou conta de tudo. Procurei por conforto e paz o dia inteiro. Procurei por uma sensação de pertencimento ainda inalcançável. Saí. Andando pela rua, passando pelas pessoas, pensei ter escutado uma frase em português. Foi como uma lufada de ar morno. Depois de andar a tarde toda e almoçar em qualquer lugar, passei a notar que estava à espera.

19:00
Vão ligar? Nunca sei. A Lica sempre promete.

Notas e agradecimentos

"Dois pontos" foi publicado anteriormente na antologia *20 contos sobre a pandemia de 2020*, organizada por Rogério Faria Tavares para a editora Autêntica, em 2020, primeiro ano da crise sanitária causada pela covid-19.

"Última canção", com outro título, está na antologia independente que homenageia Raul Seixas (*Conte outra vez*, por T. K. Pereira, Escriba Encapuzado).

"Dois olhos negros" é inspirado no disco *Labiata*, de Lenine, e não chegou a ser publicado em uma coleção de e-books inspirados em discos porque o projeto acabou.

Todos os demais contos eram completamente inéditos.

Agradeço a leitura atenta e generosa, mas principalmente honesta, de Adriane Garcia, Francisco de Morais Mendes e Sérgio Karam, que me ajudaram a encontrar uma forma, a possível, para estas histórias. De novo ao Sérgio por me apresentar a arte do Hiroki e à Rafaela Lamas por conseguir (ahazou). Honrada com a generosidade de Andréa del Fuego, Carlos Schroeder e Joca Terron. Também grata aos cuidados e à confiança da equipe do Grupo Autêntica e da Agência Riff.

Este livro foi composto com tipografia Adobe Garamond Pro e
impresso em papel Off-White 80 g/m² na Formato Artes Gráficas.